세상의 법, 당신의 법

세상의 법, 당신의 법

후아나 비뇨치 지음
구유 옮김

LA LEY TU LEY

by Juana Bignozzi

차례

세상의 법, 당신의 법(2000)
오직 그녀만이 보는 것

거기 아직 있나요…?

서문

D. G. 헬더[1]

명석함, 분명한 인식, 통찰력, 상식, 기지, 직관…. 평결과 형벌로 빚어진 모습으로 자기 작품 속에서 드러나는 후아나 비뇨치에게 붙일 수 있는 속성들이다. 더불어 반어, 신랄함, 자명함, 날카로움, 그리고 이러한 혜안을 드러내는 단어의 사용을 볼 수 있다. 그런데 이따금 후아나 비뇨치는 독자에게 단어 사용이 점잖지 않다. "일기를 내보이는 촌스러운 시인들 틈에서/나폴레옹을 신봉하는 검열된 부르주아지

---

1   역주. 다니엘 가르시아 헬더Daniel García Helder. 1961년 아르헨티나에서 태어난 시인이자 작가이다.

틈에서/오입쟁이들 틈에서 내 비밀을 파헤치겠다고/그 도시를 누빈다니 얼마나 미련한 짓인가". 이렇게 대담한 시구 앞에서 우리는 감탄할 수밖에 없다. 시인은 진정 거침없이 말하는 것이다….

앞서 인용한 구절에서 비뇨치 시풍의 화끈하고 단호한 측면을 볼 수 있지만, 아직 그녀의 정서적인 결이나 심연 또는 절대성을 추구하는 바람은 엿볼 수 없다. 일말의 천진난만함도 허락하지 않는 시인의 입에 가장 구미가 당기는 것은 어쩌면 조소(嘲笑)의 시일지도 모른다. 그러나 그녀가 날이 선 시구들을 내뱉는 원동력은 한(恨)에 있는 것이 아니라 이상적인 상태, 혹은 오히려 어떤 질서에 있다고 하는 편이 가깝다. "이데올로기와 응용과학을/윤리와 무모한 열정을/예술과 손재주를/계급투쟁과 세대 개혁을/혼동한 교양 있는 사상가들이 호시탐탐 노리는 와중에/나는 문화의 새로운 주인들이/내가 사랑하던 것들을 파괴하고 적에게 얼굴을 입힌 모습을 본다". 처음에는 제 혀로 채찍을 휘두르는 냉혈한이 보인다. 그러나 마지막 행의 애수적인 변화는 시인의 말이 탄생한 기원을 보여준다.

후아나 비뇨치의 파토스는 그가 사랑했던 사람들, 공간들, 사상들을 묻어버리지 않으려는 저항의 몸짓에서 나온다. 그래서 그녀의 담화는 적을 향하는 동시에 잃어버린 것 혹은 뒤로해야 했던 열정으로 되돌아간다. 다음과 같이 쓸

때조차 체념이 들어설 자리는 없다. "사랑의 결정적인 형태를 좇지 않으니/내게 주어진 사랑들을 완전하게 갈고닦는다/환상을 좇지 않으니 흔해빠진 포도주에/거나하게 취하는 것으로 충분하다". 이렇듯 비뇨치의 작품을 이루는 맥락은 순응주의적 태도를 부인하며 다른 무언가를 암시한다. 사랑의 결정적인 형태를 열망하나 완전한 사랑이란 불가능하다는 것을 알기에, 지나가는 사랑들을 완전하게 할 수 있는 속성을 보는 것이다. 환상이란 의식 저편에 있으니, 좋은 포도주에 취하자는 것이다!

이렇게 고쳐 써야 드러나는, 후아나 비뇨치의 텍스트가 지니는 복잡한 속성은 층이 겹겹이 쌓여 속독이나 글자 그대로의 해석에 지나치게 충실한 독서와는 맞지 않는 듯하다. 첫눈에 알아보기 어려운 비뇨치 시의 매력은 뉘앙스와 대조 안에, 말뜻을 가지고 노는 게임 안에, 글자 그대로의 것과 비유적인 것, 특별한 것과 일반적인 것, 개인적인 것과 집단적인 것, 성대한 것과 사소한 것 사이로 열리고 닫히는 틈 안에 자리한다. "직접화법의 죽음을 알게 되는 날에는", 이라며 첫 행을 여는 시는 시에 등장하는 시구들의 정의라고 할 수 있는 행으로 끝맺는다. "아직도 펼쳐지기를 기다리는 것의 초기 증상들".

다른 말로 하자면, 비뇨치의 시풍이 지니는 평탄하고 다가가기 쉬운 속성을 너무 신뢰하지 않는 게 좋다. 구체적인 것에서 추상적인 것으로, 또 그 반대로 되짚어보는 편이 좋다. 비뇨치는 추상적 관념을 눈앞에 보이는 것처럼 그려 낼 수도 있고("시대가 신화를 향해 걸어간다"), 대화체의 행에서 강력한 비유의 판을 벌일 수도 있다("나는 정오에 해가 지는 곳에 다다른다"). 늘 그런 것은 아니지만, 일반적으로 비뇨치의 시구는 비유적인 의미를 띄기에, 글자 그대로의 해석에만 주의를 기울이면 이미지가 곧 죽어버린다. "한 사내의 집에서 다른 사내의 집으로 옮겨간 일도 없다"라는 구절을 예로 들 수 있겠다. 다른 영역과 더불어 수사의 영역에서 비뇨치의 탁월함은 마치 본인이 이뤄낸 것들을 피해가려는 듯, 주의를 끌려 하지 않는다. 60년대 중반, 많은 경험을 한 듯한 후아나 비뇨치는 "강한 인상을 주려는 시"에는 이제 흥미가 없다고 말했다. 그러면서 "진정으로 삶의 맛을 느끼기 시작[2]"했다는 설명을 덧붙인 바 있다.

---

2 《어떤 질서로 움직이는 여자》에 수록된 시에 등장하는 시구다. 호르헤 아울리치노와 다니엘 프리뎀버그가 진행한 한 인터뷰에서 후아나 비뇨치는 말한다. "여러분이 《어떤 질서로 움직이는 여자》를 읽고, 내가 그걸 썼던 나이를 생각해보면 아시겠지만, 당시 나는 그렇게 반어적이고 환멸에 찬 태도를 가질 만큼 삶의 경험이 많지 않았어요. 그건 그저 문학적 입장일 따름이었지요. 성장하면서 사람은 외롭다고, 죽겠다고, 이제 아무도 나를 기다리지 않는다고 말하기가 점점 어려워져요. 왜냐하면 이제 그 감정이 무엇인지 알게 되고, 더 신중하게 다루게 되니까요. 반어적일지는 몰라도, 당시 나는 감정에 매였던 적이 없고 내 삶도 사실 고독 덩어리가 아니었어요. 고독이 그리 깊은 것도 아니었고, 아니면 적어도 나날의 삶에 영향을 끼치지는 않았다고 할 수 있겠군요. 그러니까 나는 시 속에 어떤 입장을, 문학적 인물을 만들어냈던 거예요." 《디아리오 데 포에시아》 N° 19, 1991년 겨울)

시인이 이렇게 취한 입장은 표현의 차원에서 수렴 효과를 냈다. 대화체이면서도 절도 있는 어조, 이미지 사용의 경제성, 게으르지도 너무 자세하지도 않은 적확한 어휘, 문장부호가 필요 없을 만큼 간결한 통사론 등이다. 이런 효과는 기교를 좋은 취향이라 여기지 않으면서도 그다지 세련되지 못한 독자들의 언어에 자신의 언어를 맞추려 하지 않은 시인의 노래하는 듯한 독백이자 대화로 옮겨간다. 비뇨치는 자기 시가 본인의 출신 계급을 겨냥하지 않는다는 것을 알지만, 필요하다면 들을 줄 아는 이들을 대변해 입을 열기도 한다.[3]

그것이 바로 삶이라는 듯, 시를 진지하게 여기는 생각은 후아나 비뇨치의 목소리에 이른바 시적인 온유함과 어울리지 않는, 진실성이라는 토대를 마련했다. "시야말로 유일한 속임수이다", 그녀의 최근 시집에 수록된 시에 등장하는 구절이다. 이렇듯 시적 자아는 자신의 그림자, 즉 쓰는 자아에게 지휘권을 넘긴다. 절도 있는 동시에 세련된 방식으로, 후아나 비뇨치는 서정시에 좌익 이데올로기의 주체성을 부여한다. "지식인이라면 이데올로기를 지녀야 합니다. 이는 곧

---

3 "나는 동네 공산주의자의 딸이었어요. 사베드라 지구의 이민자 동네였죠. 우리는 공산주의자들이었어요. 아버지는 신문을 읽었고, 별난 모임들을 열있는가 하면, 나는 모둥이를 돌면 있던 초등학교를 나와 열 블록 떨어진 중학교에서 공부했지요. 늘 무척 동떨어진 느낌을 받았어요. 학교에서 나는 극장에 가는 애, 책을 읽는 애였죠…." (마르틴 프리에토의 인터뷰, 《디아리오 데 포에시아》 N° 46, 1998년 겨울)

유기적이어야 한다는 말이지요."⁴

후아나 비뇨치는 정치 행위로 유형을 떠난 후 오랜 세월을 자신의 명석함에만 기댄 지식인이라는 인물에게 목소리를 빌려준다. 명석함이란 곧 화자가 부르는 백조의 노래⁵이다. 60년대 동료 시인들에게 바치는 시들 중 한 편의 화자는 본인의 목소리가 들린다면 그것만으로도 기뻐하리라고 말한다. 개인의 경험이 공동의 경험이 되는 한, 즉 경험들이 사적이고 내밀한 질서에 속하되 넓은 맥락에서 증류된 결과물로 존재하는 한, 그 기쁨은 정당하리라. 국소적이고 수사학적인 60년대 시풍으로부터 멀어지면서, 후아나 비뇨치는 60년대의 소설 양식을 취한다.

한 인터뷰에서 그녀는 이렇게 말한다. "내 시는 일대기적인 단서들보다는 세대적인 암호와 암시를 더 많이 담고 있어요. 여러 일대기를 내 것으로 만드는 작업이라고 할 수 있지요. 실지로 내 시와 내 삶의 관계는 아주 제한적이에요. 어떤 삶을 문학적으로 설계하는 것이라고 할까요. 고백으로 보이는 것들은 결코 내 삶의 고백이 아니에요. 이 일대기들은 내 세대, 그러니까 60년대 사람들에게서 빌린 것들

---

4   호르헤 폰데브리데르의 인터뷰, 《아르헨티나 시와의 대화》, 티에라 피르메, 부에노스아이레스, 1995.

5   역주. 백조가 죽기 직전에 운다는 데서 유래한 '예술가의 마지막 작품', '최후의 승부수'를 뜻한다. 여기서는 '최후의 승부수'를 의미한다.

이지요. 당연히 문학적 의미에서의 세대가 아니라 사회적 의미에서의, 우정과 나이를 공유하는 세대를 말하는 거고요. 사실 60년대 이야기가 나올 때, 그 시대가 함축하는 의미의 반절은 관심도 없습니다. 절대적인 역사적 정체성을 갖는 특정한 종류의 것들, 그런 것들은 **내** 세대가 아니에요. 왜냐하면 결국 나이도 속임수에 불과하기 때문이지요. 내가 말하는 세대는 같은 장소에서 활동하던 집단 혹은 정치 사상을 공유하던 집단인데… 이렇게 말하자니 어쩌면 조금 오만하게 들릴지도 모르겠군요. 내 생각에 우리가 오랜 시간 동안 60년대를 좌익으로만 여긴 것 같은데, 이런 평가는 분명 세상의 큰 일부를 안으로 들이지 않는 처사일 테지요."[6]

어찌나 시원시원한지 길게 인용할 수밖에 없었다. 비뇨치의 설명은 이 책에서 담화를 이어가는 화자 또는 주제의 유형을 명확히 규정하려는 시도의 수고를 덜어준다. 서정적 자아가 음악성을 모른 체하며 노래하는 이유라면 그가 형식보다 주제에, 나아가 이데올로기에 우선순위를 두기 때문이다. 그렇다고 음악성이 없는 것도 아니다. 그러나 내용의 질서에 중점을 두는 뭇 시인으로부터 후아나 비뇨치를 가르는 측면은 아주 미묘하면서 심오하다. 모든 지시 대

---

6 앞서 인용한 마르틴 프리에토의 인터뷰.

상을 유심히 들여다보며 비뇨치 시의 암호를 해독하는 경지에 이른 독자라면, 진부함에 실망할 일은 없을 것으로 보인다. 시인이 의문을 제기할 때는 시간을 들여 그것들을 고민하고, 시인의 단어 너머로 투영해 볼 필요가 있다.

시인들의 말은 시인들 자신을 도울까?
정처 없는 자기 일화가
시인들의 길을 도울까?
그대 운명에 내가 있음이
나 자신의 운명을 도울까?
그 많던 기구한 열정에 함께하던 이
내 모호한 열정에도 동반자가 되어줄까?

연대순으로 보자면, 후아나 비뇨치는 알폰시나 스토르니 다음이다. 단언컨대 그들의 시대에서 그들보다 더 걸출한 시인은 없으리라. 둘은 저만의 사명과 운명을 짊어진 채 20세기의 초반과 중반을 각각 상징적으로 점령한다. 외침이 들리도록 밀어붙이는 알폰시나의 힘이 후아나 비뇨치 안에, 그녀가 목소리를, 법을, 신화를 시에 불어넣는 행위 안에 영원히 살아 숨 쉰다.

2000년 5월

어떤 질서로 움직이는 여자(1967)

경박하게 더욱 경박하게

그녀는 자신의 두려움을 숨기고자 웃는다

폴 엘뤼아르

정신 혹은 유머 감각, 여러분 좋으실 대로

며칠 전 투쟁하기로 마음먹었는데
투쟁이라는 생각만으로도
어찌나 가없는 피곤이 몰려오던지
내 가장 친한 친구들조차도 정중히 거리를 두던걸
게다가 나는 세상에서 가장 유명한 강들을 지나왔으면서
그 어디에도 몸을 던지지 않았으니
인류를 향한 내 사랑의 부족이 여실히 드러났군.
늘 남 이야기를 한들 말하는 건 내 몫이니,
모두 편히 잠들 수 있으리
이미 내가 어떤 부류의 사람인지는 다들 잘 알고 있으니,
이런 정신 나간 이야기들은 내 이야기일 뿐이라 생각하면서.
내 가장 친한 친구들은 세상 여기저기에서 괴로워하고
내 죽어버린 삶들은 돌아오겠다고 우기는 와중에
나는 일월의 태양이 내리쬐는 사막 한가운데 앉아,
우스운 편지를 쓴다.
내 가장 친한 친구들은 스스로 기만하는 법이 없어
평온한 오후를 선사하거나, 거슬리는 물건들을 치워주며,
내 호들갑에 자리를 내어준다.
한없이 게으른 나라서

투쟁이라곤 평생 시도도 않을 테지.

그래서 내게 인사를 건네는 이도 거의 없고, 누군가는 불쌍
　한 계집이라 말하고

순진한 자들을 무자비하게 비웃어대는 내 가장 친한 친구들

내 말은 듣는 법이 없지

사내애들을 향한 단순한 바람

문을 열기 전에는 우선 허락을 받아야 한다고
사내애들을 둘러앉히고 가르치려 애쓰는데,
제 집안 여자들을 보더니 그 애들 나를 마녀라고 여기더군.
선한 사람들은 말하길, 뜬구름 잡는 여자일세
똑똑한 남자들은 조용히 웃는다고 누군가 일러준 바람에
그들을 흉내 내는 아이들의 꼴이 딱하기 그지없다.
길가의 말들은 오직 푸른 꽃들만을 먹는다
좋은 취향이란 무엇인지 조금이라도 배워가도록,
둘러앉은 사내애들을 말들에게 데려가고 싶었다
말들은 훌륭한 스승이거든.
그런데 차라리 철학을 택하는 그 애들은 작고 새하얀 타이
　　츠며
아이 옷이라곤 입어보지도 못하고 죽을 테지
어린아이의 순수한 잔인성은 그대로 간직한 채.
비용, 판매, 지급 따위를
죄악이라 여기지 않는 우리같이 헛바람이 든 사람들은
아이들이 연을 날리며 노는 모습을 지켜보며
얌전히 몸을 내어준다
원색의 화살들이 우리 몸에 날아와 박히도록.

나는 문제라곤 없는 여자

모두가 그걸 알아

그래서 밤중에 수다를 떨고 싶거든 나를 찾지.

그런데 내가 아는 어떤 이는 저 자신과의 평화 속에 죽기를
　바라

그 생각이 나를 전율케 하고, 불면케 하고, 외롭게 하는데,

나와 맺는 평화란 끝이 보이지 않는 전쟁이요,

피할 수 없는 암살자 두셋이며 터무니없는 헌신

곧 내 사전에는 없는 것들이기 때문이지.

그래도 밤이면 나 꿈을 꾼다

거대한 정원에서 죽은 자들이 일어나 내게 인사하는 꿈

한 남자 꿈을 꾸는데 그는 나를 근심케 하고 내가 모른 체
　라도 하면

세상 모든 이와 내 수많은 연인에 대해

친근하게 말을 걸어온다, 대화 주제만큼이나

적절하고 상냥한 연인들.

역사는 속박이 될 수도 있고,

역사는 자유가 될 수도 있다.

T. S. 엘리엇

상승하는 삶에 내 이름을 붙인다

이런 머리 굴리기 뒤로
비가 내리기 직전에 정겨운 포도주 잔을 들 뿐인,
형편에 맞추어 살아가는
우리 뒤로,
바다의 인광에는 오직 맥없는 눈빛으로만,
서글픈 미소로만, 황폐해진 사랑으로만
부를 수 있는 이름이 있다.
우리는 얼마나 가난했던가.
그리고 이제 쿠바에서 오는 이들, 쿠바를 향해 가는 이들,
강을 끼고 사는 여자의 보잘것없는 온정 속에 자리 잡아
우리네 빈궁을 견딜 수 없게 만드는구나.

신화적 국가

압정 네 개로 벽에 고정된 사진들이 내게 말한다
바다 저편에서 우리의 뼈들은 사라지고 말지,
바다 저편에서 어떤 무덤들 위로는 붉은 꽃이 놓이지
그리고 침묵이, 어떤 무덤들 위로는 성난 침묵이 놓이지
바다 이편에서,
거의 우리 것이기도 한 이 아름다운 신화적 국가에서
반란 장교들은 둘러본다
제 허리의 총상들을,
제 위압적인 사진들을,
내 주위 최고의 삶들은 그 형태를 잃고,
반란 장교들은 분노도 슬픔도 싫어한다,
그들은 우리가 잊지 않은 망자들을 특히나 못 견딘다,
그러나 달리 어쩌겠는가,
충성하지 않겠다는 증거로
우리의 뼈들은 분노에 휩싸여 떨린다,
우리는 죽지 않았다고 뼈들은 말한다.

충만한 삶

충만한 삶

어떤 이들은 말하는 데 흥미를 잃었다,
사랑 때문에 입을 굳게 닫고, 떠돌이 개들을 사랑하는
그들의 피부는 너무도 예민해서
우리가 일상에서 건네는 작은 인사로도
거의 죽음과 맞먹는 상처를 입을 수 있다.
우리, 친근하고 무해한 존재들,
거리를 지나는 병든 고양이들을,
목걸이 한 여자들을 보며
가까스로,
흐뭇한 적의를 느낀다.

진지한 삶

나 이제 태양, 개, 거짓말을 알게 됐다.

이전보다 삶이 이치에 맞다, 더 낫다고는 안 했다, 더 논리

　적일 뿐.

눈을 감고 볕을 쬐고, 너무 천하여 동질감을 느낄 수밖에

　없는

개와 놀고 거짓말을 한다.

그래서 나는 밤이면 옷을 벗는 사람처럼

신발을 벗게 되고,

맨발로 집안을 돌아다니게 되고,

이따금 혼자 울게 됐다.

이제 예쁘지도 못나지도 않은 한 여자를 바라보며,

소박한 삶이 지속된다고 생각한다

그리고 커다란 고통에는 모름지기 목격자가 있기 마련이라고,

그것이 개든, 태양이든 혹은 거짓말이든.

진지한 문학

괴롭고 따분하니 내가 꽤 재미있는 사람이 되더군,
이해심 많은 여자, 슬픈 남자.
이따금 상황들을 그려보는데,
때를 맞추는 감각이 없으니,
가장 멋진 사랑의 장면을 훼방 놓기도 한다,
그러고는 아무도 내 지능을 의심하지 못하게,
우스꽝스럽다 싶을 문제들에 골몰한다.
삶에서 무언가를 기대하거나 비극에 빠진
사람들에 둘러싸여,
환희의 분출은 꽤 자주 일어나는 편,
지평선들, 내 마음을 비워내는 숟가락들을 기꺼워하니,
거의 늘 슬픈 셈이다,
그래서 내 기쁨은 볼 가치가 있다.

일요일 오후

이루어질 수 없는 사랑들, 정겨운 철물점,
겁도 없는 사내들과 평생 행복이라고는
알지 못했을 저 팔자 사나운 여자가
얼굴을 마주 보고 앉으면,
선한 사람들은 나쁜 말들을 거두어들이고,
선한 사람들이 말하길 누구나 삶에는 가망이 있는 법이라고,
너무도 고독해서, 늘 창문 뒤에서 살아갈 저 사연 많은
여자를 향한 사랑이 자라나는 것을 사내들은 느끼고,
그들이 여자에게 바치는 모든 것이 지나치게 달콤하다.

갈수록 시간이 부족하다

나 자신에게 답을 내놓고 있다
다른 시들에 답하는 시들,
다른 시구들보다 더 나은 시구들
그리고 후아나, 이 놀이에 거의 감동하고, 매혹된,
손재주가 없는 그녀는,
이 오가는 말들의 승리를, 패배를,
그야말로 그녀의 삶을
갓난아이처럼 바라본다.

시를 쓰던 시절에는

여름이라서 그렇다고 말했겠지

아니면 혼자라서 그렇다거나,

시에서처럼 먼 곳에 대고 말했겠지

먼 곳에는 음악이 있기에,

가까운 곳에는 색색의 유리창이 난 집들이 있기에.

가까이서 나는 가족들과 살고 편지를 쓰고

내가 영원히 부정할 세상들이 있다.

너무 많은 것을 깊은 사랑들을 나는 끌고 가는구나,

나를 울리기도 살리기도 했던 다정한 애정들

결코 내 것이 아닌 굳건한 사랑,

기대어 울 수천의 어깨가, 수천의 친구가 있다 한들,

나는 혼자이기에,

모든 것은 멀리 있다고들 하지

그리고 패배는 나를 비껴가는 법이 없지.

사랑들 낯익은 가슴들에 자리 잡아 잠들고

무드럽게 실가를 피해간다

내 세상이 저기에 있다, 모두가 가리키건만.

그 세상을 얻고자

나는 한 발짝조차 단어 하나조차 무릅쓰지 않겠다.

"이 슬픈 유형이, 이 오만한 유형이"

사랑하는 이들과 보내는 행복한 밤들에
그는 자신의 부재를 느끼게 해,
사람들이 내게 주는 사랑 속에, 내가 주는 사랑 속에,
가을 속에 자리 잡는다. 그래, 맞아, 낙엽들 말이지.
다정하게 길을 거니는 두 친구,
사랑을, 인생을, 남자들을 이야기하고,
감미로운 오월의 밤이 그녀들을 감싼다.
돌이킬 수 없는 것들 제쳐두고,
창에서 새어 나오는 불빛, 냄새 사이로 둘은 거닌다.
집요한 어떤 얼굴 졸라대고, 졸라대지만,
그녀들 사랑을 너무도, 너무도 잘 알아,
무엇이든 근사한 이야깃거리로 만들 수 있다
추위를 느낄 때까지 그녀들은 원하는 남자를,
진정한 사랑을
숨 막히는 일요일을 살아내는 일을 이야기한다
그의 목소리가 다시 존재하도록
그리고 모든 것이 살아 숨 쉬기 시작하도록

나를 아끼는 친구들은 내 눈을 이야기한다.

그래 맞아, 가을의 낙엽만큼이나 중요하지.

그런데 전부 한꺼번에 떨어져버려

따뜻한 모직 옷, 내게 없는 자식들, 공원의 색색 풍선들을
　위한

이런 일요일들에.

가족적인 의식 속 후아나는 햇볕을 쫴다

불순하게,

금요일에 불을 지르기라도 한 양

외국 땅에서 노래를 부르기라도 한 양.

강한 인상을 주려는 시

가닿지 않는 거대하고도 불가능한 망각들로

아니면 이런 문장들로: 줄 수 있는 게 별로 없습니다

사실은 사람들 사이에서 상처받은 동물이 되려는 시

구석으로 떠나 성가시게 굴지 않으려는 시

내가 만일 이런 시에 더는 흥미가 생기지 않는다면

그것은 진정 삶의 맛을 느끼기 시작했기 때문이다.

가족 신화

몹시 늦은 시간 이제야 집에 들어온
한 여자가 잠들어 있는 삶을 건드린다
오직 그들만이 모든 것을 알고 오직 그들만이 나를 이방인
　　으로 바라본다
다른 언어를 쓰는 여자.
하도 많은 흙에 씻겨 깨끗해진
내 뼈들 앞에서 그들은 고개를 젓는다
우리는 수십 년 동안 서로를 다정스레 물어뜯었지
그들은 이제 자신들이 만들어낸 죽음을 품으려 든다
이 모든 것의 잘못이라면 너무 적었다는 것
너무 적은 사람에게 너무 많은 사랑이었다는 것
우리가 아직 살아 있다니 감사할 따름입니다.

관계의 삶

이런 이야기를 한다고 가엾이 여기지 마십시오,
정의롭지 못하고, 답답한 자가 되기로 했다면 말입니다.
대담무쌍한 구조를 쌓아 올리는 이들 사이에서
인간이 친구인 군중 사이에서
나를 볼 날이 언젠가 올 겁니다.

폴 엘뤼아르

겨울과 함께 친구들이 고향에 돌아왔다

나는 진지하게 묻는다

후아나 너는 네 삶을 어쩔 셈이니?

괴로워하고, 사랑하고, 우리 모두 간절히 혁명을 바라지

가끔은 우리가 행복해질까 봐 겁이 나기도 해.

두 팔을 활짝 벌리고 돌아온 친구들이

묻는다, 우리 도시에 무슨 일이 일어나고 있는 거지

나는 다만 당신의 얼굴을 묘사할 따름,

이번 한 번 만큼은 사랑의 얼굴을 그려보려고.

진지하게 듣지 않는 친구들

기만하지 않는 친구들

후아나 너는 무얼 할 작정이니?

아직 남아 있는 젊음으로

거짓말 같은 이야기들로

어디서 멈출지 아무도 모르는

이런 상냥함으로

편지들, 친구, 삶의 기술

나 이제 항복했으나

내 운명을 모른 체하는 새로운 주인들

내가 체념했다고 굳게 믿고는 너무 많이 잔다.

그중 하나가 나를 지그시 바라보지만 사내들에게 품는 사

　　랑에 이내 정신을 빼앗기니

내게는 적당히 온화한 애정을 느낀다

그것은 감히 그럴 배짱이 있던 이들의 편지들 만큼이나

가두어 둔 짐승들 없이, 과거에 잠겼다고 보아도 좋을

평온한 사내들에게 거는 전화들 만큼이나 필요했던 것

매일 밤이면 나는 우리 속에 가두어 둔 내 짐승들을 다스린다

몇몇은 폭력성을 보이며 내 눈물을 쏙 빼놓지만

거의 모두가 똑똑한 체할 줄 아니

우리는 반어의 게임을 뒤집는다.

그들 대륙의 이편에 살다 보니

남쪽의 고난을 알고 뼈저린 이별을 안다

일어난 적 없는 일들을 기억하는 이 달콤한 병(病)

그들은 나처럼 제 마음을 사랑하고

너무 많은 질문을 퍼붓는 이들을 사랑하고

실체를 알고 난 후에도 여전히 사랑해주는 이들을 사랑한다.

나는 마치 살아 있다는 듯 거리를 거닌다

검정 목걸이와 분홍 목걸이를 두고 진지하게 고민한다

안색이 무척이나 나쁘다고 생각하며 눈 화장을 한다

사실은 너무 많이 칠한다.

큰물에서 노시는 분들은

내 삶을 이해하지 못할 테지

죽음도 없이 너무나도 자주

말해진 삶이라고 똑똑하신 분들은 말할 테지.

부속물

자기 자신을 돌보는 사람이라면 응당 그러하듯
나도 창문이 하나 있어 아침 인사를 외친다
아직 눈에 선한 형상들이
가까이 다가오게 하려고
사람들의 고양이들의 이파리들의 걸음을
듣고는
허한 기분을 느끼려고
내 창문을 넘어오는 소음이 갈수록 희미해진다
생(生)의 소음이 갈수록 멀어진다.
흘러가는 세월의 굉음을 퍼붓는 창문
나 자신을 더 잘 알기 위한 말들
지긋지긋하게 설명된 나 자신
사랑의 가능성조차 생각해본 적 없는 사람들을 바라보는
   나 자신
내 말을 들어주는 이들 나를 이해하는 이들
존재하지 않는 이들
점점 더 지껄이는 나 자신
다만 몇몇 얼굴만이 가까스로 내 관심을 끌 뿐이고
그 수가 너무나도 적어

내 취향을 감추고자

세상 모든 사람과 농담 따먹기를 하는 것이다.

공손하고 온건한

삶에서 무언가 의미가 있는 것이라면 그건 당신의 이름이
   라고 나는 말한다
인류애를 말하는 친구들을 품고
산장에 핀 목련의 기억들을 품고
살기 위한 비명을 지르지 않기 위한
아무런 생각도 품지 않고 분명한 생각들을 품고 어떤 질서
   로 움직이는 우리 여자들
말하자면 위대한 사랑
나는 손가락 하나를 들어 벽에 걸린 그림들을 가리킨다
하루 만에 꽃을 피워 보이는 우리 집 식물을 가리킨다
내 속셈을 간파한다, 나를 지겹게 하려는 마지막 속셈
재미있는 것들을 되뇐다,
위대한 사랑 편지들 시들 여름의 냄새
위대한 사랑
아직 아무도 미소 짓지 않기를.

잘 잊어버리는 여자라서

내 고행을 죽어라 되풀이한다

정신 나간 죄수들처럼 역사에 갇혀버린 우리

참담한 얼굴들 사이에서 사랑을 한다

언젠가의 사랑 속에 사로잡힌 채 사는 우리

이 겨울의 햇살 한가운데서 우리는 사실

피할 수 없던 언젠가의 죽음들을 생각한다.

잘 잊어버리는 여자라서 순진한 해결책들로

매일 스스로 기만한다

창문을 열어본들 몸을 던지고 싶은 마음 결코 들지 않아

그랬더라면 그가 내 얼굴을 빤히 바라보았을 텐데

내 친구가 문장 하나쯤은 완성했을 텐데

그러나 기억은 돌아오고 남는 것은 다만

우리네 예의범절 탓에 잃어버린 것들의 무한이다.

나의 찬란한 젊음이여

무기한 머무르기로 결정했다

피곤에 가까운 가벼운 통증이 느껴지고

목이 마르네요 혹은 너무 늦었어요

라고 말하는 사람처럼 나는 당신의 이름을 되뇐다

아무것도 부서지지 않고 아무것도 멈추지 않는다

죽는 이들 죽을 준비를 하는 이들

제때 말해지지 못한 것들

고통의 무한한 길들

내가 사랑하는 이들의 삶 속 자리를 꿰찬 체념.

숨이 막힐 때면

천천히 걸어본다

광기로 이어지는 무수한 길을

그를 통한 내 삶 그가 없는 내 삶

내가 사랑하는 이들에게 둘러싸인 내 삶.

관계의 삶

똑같은 시계가 있는 똑같은 방에서
우리는 실수한 이들의 이야기를 다시 꺼낸다
우리 결코 그런 짓을 저지르지 않을 사람들,
사랑을 숨기고 사는 고독한 존재들을 이해하는 사람들
그들이 만일 여행을 권하는 불쌍한 작자들을 이해할 수 있
    다면
삶을 걱정하는 내 아름다운 친구들이 만일
켜켜이 쌓인 껍데기를 벗어던질 수 있다면
죽음의 아름다운 형태들을 사랑하는 사람으로서
이제는 납득할 때까지 죽지 않기만을 바랄 뿐인 사람으로서
나 그들에게 기쁨을 말하고 꾸밈없는 이야기들을 들려주리라
살고 싶을지 모르는 누군가를 위한 이야기들을.
그들이 만일 세상을 쏘다니기를 멈춘다면
나 그들에게 내 귀에는 아직 들리는 삶들을 이야기하리라
내가 만일 완전히 정신이 나갔거나 완전히 죽었다면
단 한 번이라도 아무런 이름 없이 나를 홀로 내버려 둔다면
그러니까 내가 누군지 묻지 않는다면
나 그들에게 말하리라 슬픈 사랑을 품은 여자들은
그 누구보다 오후의 햇살을

함께 나눈 커피잔들을
날씨에 관한 현명한 대화들을 잘 안다는 것을
영혼의 친구라고 할 법한 내 아름다운 친구들과 나는
계절의 변화를
걱정 많은 사람에게 여행이 얼마나 필요한지를 이야기한다
나 그들에게 말하리라 다른 사람들에게는 아직 공존의 형
    태가 있다는 것을
우리에게는, 다만 광기를 향한 어느 정도의 애정이 있다
몇 년이고 도무지 사그라지지 않는 어느 정도의 수다가 있다
걸어진 길들 다시 걸어진 길들이 있다
우리는 사실
승리에는 도움이 되지 않는 일을 하는 사람들
거의 사랑으로 달콤하게 독살되는 사람들.

불안하고, 격정적이고
권태에 질려버린 젊음이여.

폴 엘뤼아르

내 몸 위로 그토록 많은 몸이 포개진 후에도
말들로 하루가 완전히 산산조각 난 나날 후에도
내 마음은 아직 취했으면 하는데
우리를 둘러싼 것이라곤 반반하다 못해 화려한 사내들
담배에 조금은 망가진 이들.
우리의 사랑 썩지 않으리
이 찬란한 젊음 사진들로 남을 테니
아름다운 사진 좋은 사진 유쾌하기까지 한 사진들로.
내 마음은 아직 취했으면 하는데
우리를 둘러싼 것이라곤 맹맹한 포도주
일기장 언저리에 헌 봉투에
나는 혼자가 아니라고 끄적거리는 사람들
창문 너머를 바라보며 열이면 열 이렇게 말하는 사람들:
가을이란, 물이란, 바람이란 이런 거지.

›

과연 누가 감히 다른 걸 말할 수 있을까?

이제 후아나가 제 이야기를 조금 늘어놓았으니 말하건대, 항상 이해
심을 보여주었던 부모 아틸리오와 아멜리아, 죽지 않기 위해 필요한
모든 것을 지원해주는 내 하나뿐인 형제 알베르토 스푼버그, 늘 곁
에 있어주는 친구들 에두아르도 로마노, 라몬 플라사, 에스테르 페르
난데스, 네그리타 후시드. 저들이 창조하고, 사랑하고, 이해하고, 유배
중 도움을 주었던, 이 어떤 질서로 움직이는 여자를 세상에 내놓는다.
한편 후아나는 그들 중 몇몇과 함께 종잡을 수 없는 질서로 움직이는
다른 여자를 창조하고자 한다. 그러니까 가까운 이들은 비평들, 포도
주들, 메모들, 사진들이 지나간 이후에도 사랑이 지속하기를 바라는
것이다. 떠나지 않겠다는, 도망가지 않겠다는, 이 삶을 사랑하다가 죽
겠다는 선택에 다만 형태를 부여하고자, 그것이 마치 유년인 양 혹은
촘촘한 군락인 양 그들과 후아나가 만들어낸 사랑이 지속되기를.[1]

귀향(1989)

영혼이여, 몸을 기울이게나

떠나버린 사랑들 위로…

후안 L. 오르티스

내 세대의 여자들

시대를 초월한 무감한 사람이 쓸모없는 지식을 쌓아 올린

사람이 되지 않은 운 좋은 여자들 우리에게는 악취미가 있어

모든 대화는 삶을 불러내는 것으로 시작하지

고집스레 버텨낸 우리 여자들은 그래서

친구도 없이 교묘히 피해 다니는 유순한 도리언 그레이

처신에 빈틈없다고들 하지만

실은 온갖 원형에 시달리지

끝내 전형(典型)을 벗어날 수 없다 해도

다만 우리를 규정하는 수식어들을

납득하지 않기를 간절히 바랄 따름

시작부터 한계가 가늠될지언정

끝은 떠나려는 움직임에서부터 평가된다

오래된 일기장에서 유령들이 나오고 돌아오고 인사한다

유령들은 그 이름들을 말하지 않는 법을 배웠다

수다스러운 내 변론이 빛나도록 내버려 둔다

그들의 암호는 헷갈릴지언정 늘 풀리며 초연하다

그들은 친구들이 하나씩 지나가는 문을 불안한 눈초리로
　　바라본다

우리가 자신을 돌보는 모습을 본다

멀리서 추위에 떠는 아이들

그들은 이따금 솜씨 좋은 자객이 어디 있느냐고 묻는다

더는 아무것에도 아파하지 않을 때 그 역시 모습을 드러내
　　리라

내 여자 친구들과 내가

진정으로 고요를 믿으며

우리 가운데 삶이 아직 남아 있기라도 하듯 이야기할 때

노동계급 엘리트

지어지는 모습을 보았던 그 집들은 세월을 간직한다
장황한 말재간이란 다만 허언증 환자가 늘어놓는 말
학자들의 지껄임
혼란스러운 강단에 불과하다
망각도 없이 평화도 없이 마무리해야 할 인터뷰만
써야 할 편지만 있을 뿐
내 파티에는 거리(距離)가 매번 너무 일찍 도착했고
내가 사랑했던 많은 것 우스꽝스러운 정신착란에 빠져버렸다
시라는 것은 오후면 헛소리를 뇌까리는 조현병에 걸린 아
    가씨
역사의 빗자루를 쥐고 뻐기던 이들은
제 서류철 정리에 열심이다
승강기까지 사람들을 배웅하며
연주할 류트도 없지만 나는 미소 짓는다
버려진 채, 오후의 문지방에 늘어진 개처럼
결코 침묵하는 법이 없는 개종한 늙은 죄인처럼
어디
만신창이가 된 비너스의, 나무랄 데 없는 아폴로의
손금을 볼까

내 심원(心猿)을 없애지는 못해도

가벼이 만드는 기쁨들

나는 어느 감상적인 묘지를 떠올린다

밤중 여행이 주는 얼마간의 행복

나는 멋지게 이성을 잃는다

그러는 동안 일요일 아침 햇살의 주인들은

불안정과 역사에 놀아난 그들은,

몹시 아르헨티나적인 현실 감각을 지닌 그들은

팽팽한 감시 속에 겨우겨우 살아간다

머리글자들이 주는 평안을 모른 체한다

쇠약한 남들 곁에서는 안심하지 못한다

이제 모두 끝에 접어들기 시작했으니

우리의 죽음은 다르리라고 믿자

아무것도 죽음을 변화시키지 못하리라

이런 일시적인 동맹들을 제외하고는

근사한 섬세함이며 걷어차인 섬세함의 궁둥이들

이 손을 움직일 때마다 나는

사물의 위치를 바꾼다

어떤 얼굴을 치운다

내 투쟁들과 내 죽음들의 승리 안에서

혹은 내 최후의 행복 안에서

만난 적 없는 내 형제자매들이 나를 잊지 않으리란 걸 알기에

사람들은 우리를 불러댔고 우리에게 이름을 붙였지

신이라도 된 것 같더군

우리는 늘 여백을 부르짖었지

일요일 오후 말하지도 보지도 않는 새벽

그칠 줄 모르는 주위의 웅성거림 없이

계속 나아가기 위한 약간의 침묵

그러나 온갖 행사가 우리를 찾으니

변변찮은 시구들과 종이들을 모아 헐레벌떡 다녀야 했지

회비를 내고 따뜻한 차를 우리고

가정적인 삶의 모습들을 회복하고

독을 품고 물어뜯으려 드는 달콤한 동행들을 피하면서

서두름에 내쫓긴 길을 발견할 때까지

그야말로 틀림없는 결정적 신호들

아무 일도 일어나지 않는다고 믿었던

내 불면과 내 초상을 위해 수고해주었던 그 많던 순간들

통찰로 아파하는 여자

운명으로, 장소로, 장벽의 파편으로 아파하는 여자

오직 명석함만이 시인들을 구원하리라 확신하는 여자

시 이전에

아주 멀찍이 머무른 자들,

제 무기를 고집하는 이방인들이 따라붙는 여자

의미로 아파하는 여자

포도주에, 관광안내 책자에,

몇몇 망령의 편지에 뒤덮인 채,

예측할 수 있는 무대 속 초라한 광경이다

무수한 전화번호에

거리들에, 어떤 무덤들에 둘러싸인 채

스스로가 무시하던 이들의 이름으로 그녀를 부르던 낯선

   사내의 품에 안긴 채

수년 전 폐허가 된 집들의 열쇠 다발과 함께

밤의 종소리를 들으면서

단 십오 분 만에 늙어버리면서

태어난 곳에서 몇 미터 떨어지지 않은 곳에서 생을 마감했다

새벽 그 많은 꽃 친구들과 마시던 그 많은 백포도주

최근에 가까운 상실

문학에 바쳤던 그 많은 삶

아름답게 펼쳐지던 그 많은 환상

탁한 유리그릇에 사랑 대신 담긴 작은 마음들

기세등등하고 명석했던 그 많은 모범생 계몽주의자

그들, 평화로운 좌익 정당에 안주하던 친구들

작은 핀으로 고정된 그 많은 사랑의 증거

개처럼 겁쟁이처럼 내팽개쳐진 그 많은 삶

내 인생 한창때의 기억

그건 그렇고 주제를 바꾸어봅시다

영혼의 작별이라도 되는 양

가까운 이들에게 매일 입을 맞추고 난 후에는

나 이제 아무 문제도 일으키지 않겠다고 여러분께 장담할
　수 있겠습니다

아주 무해한 존재라서

황금빛 날개로 세상을 방황하지도 않을 겁니다

때 지나서 소리 지르지도 않을 겁니다

다만 어쩌면 유형지로 가는 돛단배 한 척을 구하거나

이 모든 것은 수도원에서 수를 놓으며 끝이 나겠지요

무대 없음

고귀한 묘지에서 장례를 주관하는 천사의 몸짓으로
공중에 기지(奇智)에 고립무원에 손을 뻗는다
썩어 없어져야 할 수많은 몸을 감싸주고자
피에타의 손이기를 바랐던 이 손
그러나 나는 다만 집에서 암호를 짜는 여자일 뿐
사랑하는 이들이 제 존재를 알아차렸으면 하는 마음에
꽃을 꽂고 전등을 탁자까지 끌어오고
세월에 가치가 식어버린 편지들을 정리하고
저주스러운 것들이 빠지도록 잔에 새 물을 채우는 여자
이것은 불행의 장면도 고독의 장면도 아니다
다만 시들 안에 고이 간직했던 거리를 잃어버린
이 생의 조금은 쓰라린 묘사일 뿐이다
때로는 전선 위에서 겨울을 나는 작은 새들보다 의지할 곳
　　없고
내 창문 맞은편에
집 한 채를 지어 올리는 사내들보다 연약하기 그지없는 신세

아직 내게 남은 변변찮은 유머 감각을 빌려 말하건대
내게는 미래가 없다

그러나 속아서는 안 될 것이다
이 또한 유혹의 방식이므로

어떤 일들을 겪은 사람처럼 절박하게

사랑을 대신할 게임들로도

포도주로도 지워버릴 수 없는 진실들

우리는 아주 섬세하게 아주 조심스럽게

네 잎 클로버에 그치지 않고 충만한 삶에 그치지 않고

결정적인 한 방을 아이들처럼 찾아 헤맨다

우리는 기한을 단축하려고 아프지 않은 패배들을

가장 달콤한 미소를 안겨주는 소박한 승리들을 시험한다

후아나의 잠음 가운데

내 꿈 아래 내 적들이

─나보다 그들을 더 잘 살피는 이 없으리라─

펼치는 위대한 활약과 다정함이 나를 건드린다

우리에게는 강박적인 고정관념이 있다

우리가 활용하지 않는 동사들

감정 행위의 동사들

불가능한 가까운 미래라고

믿었던 어느 순간을 말하기 위한 동사들

일이 터실 때면 거의 숙은 사람일 우리

나는 부족한 것도 지나간 것도 가늠하지 않는다

나는 견딘다

그저 똑바로 서 있기에 필요한 만큼의 파편을 지킨다

나는 그것을 생각하지 않음으로써 머무른다

내 사람들은 떠나는 부류가 아니다

명함 하나에 그들의 일대기를 써넣을 수도 있으리라

이름들, 마음이 영원히 닫아버린 문들

그런가 하면 또 어떤 문들은 그들을 지배하던 바람 없이도

　　계속 두들겨진다

그 이름 혹은 어느 시구 다음에는

물어야 할 것이다

떠나지 않은 그 삶들이

목적지들을 이야기할 수 있는지를

한 번도 가져본 적 없는

보석들을 팔다 언젠가 죽을 몸

지긋지긋한 역사적 의미와 약간의 존엄을 등에 업고

집안일을 돌보느라

한 번도 껴본 적 없는

레이스 장갑을 자랑해 보이듯 이 손을 뻗는다

언젠가 죽을 몸

깨끗하고 향기롭고 고상함을 풍기기를 바란다

나 첫 무대를 잊지 않으리

불빛들이 켜지고 꺼지던 그곳

내 사춘기가 자라고 청년기가 죽은 그곳

어쩌면 선택하는 법을 몰랐던 나

멀리 있는 자들 헤매는 자들 농락당한 자들과 함께 있다

그것을 나 어쩌면 무척이나 호되게 슬프게 치러야 할지도
    몰라

기억하는 사람이 되고

주검들을 거두어들이는 사람이 되고

날짜를 기록하는 사람이 된다는 것

이제 누구의 기억에도 없는 그들이 가서 잠을 청하는 사람
    이 되고

그들이 가서 마을을, 친구들을, 여름을

뒤집어엎고 간추리고 그리워하는 사람이 된다는 것

선비 나리들께 비난당하기 십상이지

빈정거리는 아줌마

여류 시인들 가운데서도 기어이 튀고야 마는 천박한 주인공

번뜩이는 재치와 늘 잃지 않는 미소

그런 욕구들 얼마나 잃었는지 다 말하지 못해 아쉬울 따름

내가 아는 것 다 말하지 못해 분노할 따름

돌이킬 수 없는 나의 돌이킬 수 없는 우리의 죽음을 위하여

어떤 삶들의 끝없는 지속을 위하여

영혼을 지닌 극소수의 그들

미소 짓는 자들 수완 좋은 자들 한물간 자들을 위하여

나는 천박함을 공들여 갈고닦는다

주검들을 거두어들이고 날짜를 기록한다

나는 어떤 기억일 뿐이라서

내 의견일랑 내 슬픔일랑 결코 아무도 모를 테지

살아남기 위해 흘리는 수많은 미소 틈에서 누가 그것들을
　　알아볼까

왜냐하면 이것은 낯선 노인과 함께 마시는 밤의 포도주
   이지 그대의 운명이 아니기에

사랑의 결정적인 형태를 좇지 않으니
내게 주어진 사랑들을 완전하게 갈고닦는다
환상을 좇지 않으니 흔해빠진 포도주에
거나하게 취하는 것으로 충분하다
단 하나의 몸뚱이를 바라지 않으니
사랑의 형태들을 알고
내 인격을 두고 오가는 소리에 겁먹지 않는다
좋은 포도주와 머무름을 어느 정도 알고
모두 쑥대밭이 되어버리란 것을 아니
훗날 우리가 무엇을 선언하게 될지 아니
특정 세력에게 나는 거대한 기만의 영역이다
그 권세가 영원하지 못하리란 것을 아니
정신 나간 문화적 꿈들은 물론이거니와 거의 아무것도 남
   지 않으리라
이 이야기가 어떻게 전개될지 나 확실히 아니
영원토록 멸시당한 감성에 미소 지을 수 있다
세상의 허영과 우쭐거림을 우아하게 굴복시킬 수 있다
영원히 추구되는 혁명의 길
사랑의 길

그런 이야기들 속 내 친구들의 흔적

그 무엇도 사이비 애국자니, 신화적 항만이니

하는 언급에서 비껴가지 못하리.

그 많던 독백 탓에

그 많던 동틀 무렵 술에 취한 지껄임 탓에

결정적이었을 어느 목소리를 나는 듣지 못했다

모든 것을 바꾸었을 어느 질문에 나는 귀 기울이지 않았다

쉼 없이 이어지는 내 똑똑한 지껄임에 짓눌려

내가 유일하게 고민해야 했던 중대한 명제들 자취를 감췄
    으니

그것들이 사용하고자 했던 원근법에 따라

나는 예와 아니오를 분배했다

내가 듣지 못한 목소리들은 이제 엉뚱한 나라에서 살고 지
    방법원에서 죽은 듯 삶을 이어가고

제삼세계의 사바나에서 제국의 역사를 가르친다

목소리들은 어떤 삶들과 또 다른 죽음들을

경험했다

그리고 우리는 모두 단정한 양식과 더 나은 격식에

침략당한 길들이 되어버린 어떤 단어들을 잊고야 말았다

일요일 오후의 인적 드문 곳 말고

묵살된 진짜 목적지로 돌아가는 여정 말고

일기를 내보이는 촌스러운 시인들 틈에서

나폴레옹을 신봉하는 검열된 부르주아지 틈에서

현재 법정 상황은 기억나지 않는 고독한 사람들 틈에서

오입쟁이들 틈에서 내 비밀을 파헤치겠다고

그 도시를 누빈다니 얼마나 미련한 짓인가

양립하지 않고 조화를 이루기 체념하지 않고 결합하기

다만 이 미미하고도 지진한 일이 아니라

그 휘황찬란한 이국정취를 자랑하던

팡파르가 울려 퍼지던 제국이

저 멀리 있었다고 믿는다니 얼마나 미련한 짓인가

나는 내가 던진 부메랑이 아직 돌아오지 않았음을 안다

이제 전화가 빗발치고

길가에서 인사며 초대를 받게 되니

마침내

나를 중심으로 돌아가던

사냥의 큰 사냥감이기를 그만두었다

가엾은 존재이기를 그만두었다

때로는 단호하게 굴기도 한다

나이가 드니, 그저, 점점 화가 나는 것이다

아무도 건드리지 못하게 빈틈없이 홀로 내 공격성 안에 머

  무르기란 쉬웠다

지인들은 아직 소중히 여기던 편린들을 내다 버리기

명예가 실추된 사람들로부터 받은 명예로운 편지들

세월의 흐름을 모른 체하기

젠체하는 하찮은 문장들을 가지고

스며든 세월의 역겨운 머리카락

위험천만한 사이비 모임들로 양심의 대가를 호되게 치르기

애매모호한 연대에 몸 바치기

이 혼탁하고 복잡한 현실로 내몰리듯 들어오기보다

그게 훨씬 쉬웠다

평생이 대리 인생이고 여백이 존재하지 않는다면

저 늙은 개혁주의 무정부주의자들과 함께

이 역사의 주위를 맴도는 꿈이란

밤중에 나무 인형이 삐걱거리는 소리에 진배없다

아름다운 가족적 장면일랑 버리십시오

눈먼 초상을 형형색색으로 말하지 마십시오

그 초상 위로 영속성이 내려앉았으니

그것은 피의 영속성이리라

내가 삶에서 진정 바라는 것

파티를 여는 것

자유를 대체할 무언가를 경험하는 것

상을 펴고 천박한 사람들을 맞이하는 것

다정한 사람들과 거나하게 취하는 것

아니 어쩌면 찾지 못한 하나뿐인 형제와

상상 속 자매와 새벽의 유령과

잡초가 자라난 완벽한 그림들을 되살리는 것

그리고 겨울이면 이 땅의 것이라곤 빈집에서

여전히 돌아가는 레코드 하나 어둠 속에서 여전히 울리는
   전화기 하나

남으리라는 사실을 아는 것

비밀들은 다만 오해를 조장했다

여행들은 알게 했다

물 다음으로 돌보다 가치 있는 것이 없음을

포도주는 우리가 진정 생각하는 바를 말하게 했다

예의 바름은─사회적 교육이라고는 하기 어렵다─

무지한 자들을 오만하게 날뛰게 했다

그리고 자기만의 길은

몸 성히 버티지 못한 이 몸뚱이를

유해로 만들어버렸고 오늘날 굴복한 법관들

신분을 누리는 친구들, 위대하신 입안자들

으스대는 짓거리들 뒤로 곤죽이 된 시도들을

보지 않으려 한 자들

우리 중 몇몇은 집으로 통하는 길을 열어 보였다

나 내 편린들을 버리고 되찾았으니 그것들을 다시 파괴하
　기 위함이다

남겨진 것들은 세상의 모든 물을 목격했고

누군가의 기억이란 나쁜

포도주로 인한 숙취에 불과할지라도

죽음은 아직 멀리 있다

가스등

우리 모두 모닥불을 지피고 꺼버릴 수도 있었다
그러니까, 빛을
가장 무모했던 우리가 그랬다
그런데 내가 궁금한 것은
과연 누가 꺼져가는 빛을 바라볼 용기가 있던가
누가 떠나면서도 말을 이어갔던가
기념행사 따위를 생각하면서
계절의 변화에 미소 지으면서
꺼져가는 빛은 내 어머니가 사랑하던 작품이었다
당신께서 벌여놓은 연극 같은 환상 안에서
그러나 여기 구세주들은 없으리라
명민한 형사들 사랑에 빠진 젊은이들
다만 빛이 꺼져가는 모습을 바라보며
어떤 삶을 시늉하는 영웅들만 있을 뿐이다
혁명 없는 삶
누가 그것을 삶이라 불렀던가?

금잔화 사이를 거닐던

그 소녀 그 불쌍한 계집 이 여자

영롱한 빛이 그녀를 다치게 하지는 않았지만 조금 피곤하
  게 했다

그 불쌍한 계집

멀리서 바라보았을 때 머리부터 고꾸라졌다

살고 싶어 했다 평온해지고 싶지 않았다

밤을 낮처럼 살았고

낮은 알지 못했다

제 마음과 다른 이의 마음을 다룰 줄 안다고 믿었다

거쳐야 하는 계제가 있음을 알고 수년간 차근히도 따랐다

실지로는 어린 시절의 공책에

작은 꽃들을 월계수들을 작은 깃발들을 여전히 그리고 있
  었다

그녀가 말하길 진짜로 살아야 한다고 그녀가 말하길 장난
  처럼 살아야 한다고

지적인 삶 관능적인 삶 위태로운 삶

그 모든 삶에서 근면했고 꼼꼼했고 최고였고 가장 슬펐다

관계의 삶 모든 것이 돌아오고

돌아올 때마다 마음의 조각들을 흘리고 갔다

그녀는 이제 남겨진 조각들을 가지고

산다 생각하지 않는다 또 다른 피부를 소중히 여긴다

소녀 이 불쌍한 계집 이 여자는 시작을 안다

묘지의 태양 아래 정신 나간 여자가 고요히 미소 짓는다

오늘 아침 묻힌 주정뱅이, 그 계집아이는

어떤 역할들을 누구보다 훌륭히 해냈다

절망한 자들을 위로하고

강한 자들에게서 위로받았지

오늘 아침 묻힌 계집아이는

바다에, 팜파²에, 국경에 가본 적 있지

제 사전에 혁명이 오지 않으리라 생각했으면서도 흔들리지
   않았어

인간의 권리를 연말의 산타클로스를

기념일의 꽃을

가족이 둘러앉은 저녁 식사의 행복을

그리고 죽은 자들 앞에 흘리는 눈물을 굳건히 믿었지

아무도 들어보지 못한

시인들의 책이며 사진으로 가득한 집에서

그 애는 근사했다, 거의 천재적이었어

일요일 오후면

푹 빠진 십 대 애들에게 이야기를 들려주었고

밤이면 식물원의 새끼 고양이들에게 밥을 주었다

일 년에 한 번은 길에서 물망초를 나눠 주었지
오늘 아침 묻힌 시인은 애송이가 아니었어
다만 사랑을 조금 알았고 밤도 얼마간 알았을 뿐
기쁨은 평생 알지 못했지

차우[3]

격앙된 시를 쓰기에 최적인 세상이 있었다
가장 촌스러운 신화들이 곧 신성한 약속이었지
항구에서의 작별들, 빗속의 공원들
부정한 자들이 주고받는 느린 애무
밤의 속임수
탁자 위로 쌓아 올린 의자들에 둘러싸인 채
텅 빈 술집에서 나누는 이야기가 부리는 마술
평생 답을 깨닫지 못한 아이들
명망 높으신 취객들 틈에서 돌꽃을 돌리던
해 질 무렵의 소녀들
그리고 그들은 결코 처음을 떠올리지 않았지
이런 결말들로 충분했던 거야

내게 주어진 삶 내 나약함이

허락하는 한

비열하지 않게 살았소.

그러나 책을 쓰지 않았을지언정,

나보다 더한, 훨씬 더한 이들이 있다오.

에우제니오 몬탈레

어느 도시에나 있는 유령들이여
친애하는 목소리들이여 그대들 덕분에
세월이 지나는 동안
그대들 덕분에 나 이제 세상의 모든 모퉁이가
밤 여덟 시의 어두움보다 위험한 줄 압니다
사춘기로 돌아가는 숙명적인 시간
그 시절에는 과거도
사랑이 아니었던 사랑들도
운명에 관한 시시한 질문도 없었습니다
진부한 답변이라면 더욱이 없었지요
친애하는 목소리들이여
그대들이 아니었다면
나를 둘러싼 이들로 하여금 나는
상식이 중용이 정결함이 공정함이
전쟁에서 이겼다고 믿었을 테지요
그대들 덕분에
나 그들에게 미소 지을 수 있고 그들도 나를 어여삐 여깁니다

조용히 사는 이들은 나를 감사히 여기고

오직 나만이 내 그림자를 압니다

첫 여행들

건강하고 단단하여 제 주인의
몸짓과는 무척이나 거리가 먼 이 사물들이
학살로 증오로 출세주의로
그러고는 영원한 고독으로
가치들을 건져냈다

이 사물들이 나온 곳들로 나 가벼이 돌아가
비슷한 것들을 사들인다
사물들은 부서지고 기절한다
마치 우둔하여 보이지 않는 내 눈에 대고
삶이 어디에 있었는지 가리키려는 듯
내게 삶을 되새기려는 듯

나를 단단히 매어두려는

지금 이 순간

이 손은 누구의 것인가

오래전부터 당신은 여기 없다

아니면 하루살이 바다가 중간에 놓인 걸까

아니면 당신은 이제 모르는 걸까, 머저리들의 꿈에 혹은 과
　거와

현재를 무시하는 사람들의 냄새에 마음 쓰는 것이 내 특기
　임을

바위 틈에서 심술궂은 아이들이 미소 짓는다

편지들은 상형 문자로 쓰였다

이루어진 꿈들이 유리병들을 뒤따라 육지에 도달한다

우리가 더 다정한 시구들을 쓴다 한들

당신은 멀리 있고 나는 뿌리 없이 떠돈다

그리고 숭배가 깃든 저 많은 돌탑 사이에는 오직 발자국과
　바람만이 남는다

저 자신의 소음을 먹고 사는 이 밤

사물들이 제 머리글자로 메시지를 보낸다

대양이 사이를 가르고 있으니

오직 시간만이 판독해주리라

나는 그저 날짜와 시간을 기록할 뿐

당신이 아직 내 목소리를 듣고 있는지 지중해는 답하지 못
    한다

그 유명한 지중해의 빛은 몇 미터도 가지 못한다

—더 끔찍한 바다들도 있다지—

그러나 내게 부드럽게 가르치길

끈덕지게 되풀이되는 그 목소리가

끊임없는 그 음절이

—끈기에 있어서는 대가(大家)이다—

속이 텅 빈 유일한 메시지라는 것

역사 없는 침묵

말을 찾지 못한 무언의 목소리

오직 과거를 지닌 삶들만이 살아남으리라

아르누보풍의 달콤한 우편물

발코니에서 바다 위로 비가 내리는 모습을 바라본다
—유럽은 포스터 속 이미지들을 갖추고
지역의 꿈들을 이룬다
현실은 진부함과 진실을 키운다—
나는 목록을 하나 만들고 사랑하는 사물들과
필요한 사물들이 뒤섞인다
물과 거리가 사물들을 어지럽히고 때로는 구하지도 아니한다

내 집 발치까지 오는
이 잔잔하기 그지없는 물로 모두 돌아온다
그중 소수만이 얼굴을 갖는다

만일 말에 가치가 있다면
이 거리가 그것을 증명하리라
만일 말이 삶이라면 그리고 삶을 영위하는 이들이 말 속에
　　산다면
이것이 바로 그 증거이리라

내가 이미 내 삶을 들여다보았다면 그러니까 나 이미 내 삶

을 살았다면

이토록 잠잠한 이 지중해의 물이

증거이고 대답이리라

망령들에 시달리는 여자
논쟁적인 가치들을 품었기에 네 개의 못이 박힌 여자
맑은 정신으로 생각하려 했기에 낙인찍힌 여자
멀리 내다보았기에
담요도 없이 향유도 없이 다른 누구 하나 없이
이번 생에서 나 홀로 정처 없이 떠돈다

친구들 멀리 있고 거울들 가까이 있다
힘겹게 얻어낸 암호를 잃어버렸더니
이제 이해한다는 것은 다만
자갈 깔린 지름길을 비추는 것을 뜻할 뿐이다
그곳에는 달아나는 발걸음도 다가오는 발걸음도 없다
그곳에는 발걸음이 없다

역사를 품은 좁은 길들

그 길들은 학교에서 배우지 않았다

─왕들, 인디오들, 열대 과일들─

직공이 풍기는 냄새의 기억은

더이상 조합(組合)들을 불러내지 않는다

그녀는 다른 끝을 향하여 길들을 가로지른다

고성(古城)들, 그곳의 고양이들과 돌들은

심장들을 보존하던 냉기를 잃었다

오래전부터 아무도 뱃짐을 내리지 않는다

그런데 누군가 여행을 결심했다

그리고 죽은 물의 항해자가 그녀를 두고 바다를 모르고

들어가는 문들을 알아보지 못하는 여자라고 여길지언정

그녀는 돌 하나하나를 구분한다

오직 그 능력만이 그녀에게 허락되리니

백기도 없이 군호(軍號)도 없이

이 상징에 깃든

그 크던 권세가 막을 내리는 모습을

깔보는 적군에게 등을 돌리며

나는 누구의 것도 아닌 이 땅을 건넌다

내 안에서 그 땅의 존재를 죽이면서

지령들도 저버리면서

백기와 군호가 없어도 내 형제자매들은 나를 알아볼 테니

다른 전선(前線)을 거닐어 보았으나

내게 아무것도 가르쳐주지 않았다

다만 우리 등 뒤에 다른 전선들이 있음을 아는 불안뿐이다

산책이 길었다

부패한 자들은 넋을 빼놓고 가짜들은 눈을 속인다

쥐들과 진창 역시 우리의 것이다

나는 폭풍우 치는 어둠으로 돌아온다

내가 어디에 발을 딛고 있는지조차 분간하지 못한다

그것은 내 마지막 자살 시도였다
너를 부정할 내 마지막 가망
최초의 각인, 네 얼굴에 드리운 그림자
찬양받는 저주받은 이데올로기여

우리의 거짓된 신용으로는 돌 하나조차도

사거나 훔치거나 얻지 못하리라

불변의 원소 하나조차도

나와 저 자신과 숙적을 위해

입을 여는 증인은 그가

말 못 하고 앞 못 볼지라도

존재가 되기 위한 목소리를 지닌 존재여라

양초들, 바다, 눈(雪), 폐허들

저 멀리 부에노스아이레스 변두리에 있다

밤중에 값을 치르러 혹은 값을 받으러 오는 이의 발소리

─그의 메시지는 아직 분명하지 않다─

누가 내게 부스러기 하나조차 살아남지 못하리라고 말해주

    지 않는다면

한낮이라도 나는 비명을 내지를 테다

지금 먼 곳의 신화적 도시들을 거닐며

나 스스로 의심하기 전부터

당신은 내가 누구인지 알았지요

나는 당신의 업적입니다

당신이 결코 가보지 못할 테지만 영원히 당신만의 것일

장소들을 여기저기 다니는 인물을 만들어내셨지요

그 장소들 당신은 꿈에 그렸고 나는 가보았습니다

영원이라 불릴 수 있는 유일한 것

나에게는 파사드들

당신에게는 욕망

나 당신께 영원히 감사드리리

당신이 말을 하고 나는 내 이야기를 궁리하던 그 대화에

나 당신께 영원히 감사드리리

JB라고 불리던 빈터[4]에만

말이 존재함을

사실로 보여주었음에

당신은 나중에 이렇게 발톱 빠진 짐승이 될 사람에게는 말
　　하지 않았지요

나 당신께 말하고 싶습니다, 작은 마을 태생의

아니 부에노스아이레스라는 사치를 누린 이 짐승은

신화 속 당신이 사랑하던 것들을 통해서만 듣는다는 것을
　　말입니다

페르 라셰즈 묘지 로마의 다리들

대답도 못 하고 당신에게 귀 기울이던 그 계집아이에게

당신은 말을 가르쳤습니다

이제 그 말을 어디서 찾아야 할지 모를 때도 있지요

이 짐승이 애써 되뇌려는 것은 종족의 소리들이 아니라

당신의 소리들과 당신의 목소리입니다

썩지 않는 모습의

자명한 안주인이 되고 싶었다

항복하고 내기를 걸어보고 싶었다

소금의 그림자 없이 내 도시를 저버리고 싶었다

작별도 없이 생생한 기억도 없이

나 이제 징벌과 구원 체계의 주인이 되었다

승낙과 거절의

선한 일들의 목록의

아득히 먼 삶의 맛의

고독 속에서

몸을 정결히 하는 유일한 방식의

역사의 순례길

나의 밖으로 궁색한 특권층이 있다
극악무도한 사건들이 있다
내 무지가 포도주와 역사적 확신 안에 머무른다
죽음에 손대는 일인 줄 알면서
진창에 손을 댄 이들에게서 내 나라와 내 삶에 관한
구구절절한 사연이 대범히도 달아난다
심연 위에 놓인 단 하나의 손, 순종의 수호자
우리 집안 여자들의 기억
나 결코 미미한 것, 맑게 떨리는 것 되지 않으리
—아침의 쌀쌀함 정오의 미적지근함 어스름의 맥없음—
내가 어렴풋하게나마 볼 수 없는 길을 따르는 나의 순례자들
어떤 상(像)이 내뿜는 색조에 감싸인
이 마지막 안단테 악장에 휘감긴
종소리를 좇는 심연의 유령들
내 음악가 천사들에 눈이 멀어버린 그들
언제고
나 그들과 만나리
그들의 영광의 문에서

말이 생각과 달리 나오기 일쑤라서

내가 끊임없이 내뱉는 소리에는 관심 없다

내 정신이 쏠리는 건 오로지 홀로 말할 때뿐이라서

과거로 향하는 내 미래의 발자국을

매분마다 발견했다

나 지금껏

퇴폐의 끄나풀이 되지 않았다

너그럽고 부드러운 미소에 빠지지 않았다

그런 미소는 강렬함이 사라지고서야 나타나는 법

이제 누군가에게 전부를 말하기보다는

모두에게 무언가를 말하고자 한다

베를렌의 무덤

당신의 넋에 그림자가 드리우는
묘지의 휑하기 짝이 없는 이 길로
나 망각을 헤치고 파리의 겨울을 헤치며
매년 똑같은 이끼에 덮인 채 돌아옵니다
그런데 오직 당신만이 바득바득 돌아오는군요
찢어발기기야말로 당신의 특기였음을
이 유수한 무대에 알려주겠다고

의기양양한 승자들처럼
그림자들은 매년 이 묘지로 돌아올 겁니다
어느 넋에 드리우는 그림자
그들이 살아내야 했던 시대의 복수

전투 돌고래

약속의 땅에 도달한 자들은
과실이 풍성한 땅만을 보리라
이러한 모범을 따르도록 태어난 우리에게는
가족 식탁에서 오가는 말들을 지워버릴 수 있는
역사의 땅도 산도 없으리라

기만은 죽음을 부를 뿐

나로 인해 또 남들로 인해 내 삶은
나 없이 완성될 일들에 바쳐졌다

나 내 어머니의 임종을 지키지 못하리
나 한 사내를 향한 정념을 알지 못하리
나 혁명 안에서 살지 못하리

내 인생의 남자들을 만나려고

―많지도 않았을뿐더러 무엇보다 예상 밖의 인물들이었
  다―

어떤 아침들에는 묘지 하나와 강 하나를 건넜고

수년 전에는 동틀 무렵에 드넓은 공원을 건넜으며

커피에서 올라오는 김에 두 눈이 피로해지기도 했다

천국으로도 지옥으로도

어느 곳으로도 통하지 않는 이 계단에 도달할 때까지

속박이여 달콤한 속박이여

그것은 열린 무덤들이, 신전의 망령들이

주는 상(賞)이었으니

인생의 모든 큰 배신에는

저마다의 유일한 장소가 있다

그 장소들은 다만 특수하여

나눌 수 없는 무대였음을

나 이제야 깨달았다

내 마음은 망각도 절교도 없음을 안다

망각과 절교는 타인들의 승리일 뿐이다

누군가 거기에 휘둘리는 모습을

우리는 언제나 창문 너머로 볼 따름이다

기억나지 않는 무대 속

걸어가는 저 낯선 이는 누구인가

─시인들 안에 담긴 영혼일지

모른다는 조악한 알레고리 따위 생각하지 마십시오─

잊혀도 좋을 순간 잊힌 이 자는 누구인가

키가 큰 유령들은

이렇게 당신의 삶으로 들어가고

무엇보다 당신의 삶에서 빠져나온다

눈이 부셔 당신이 놓쳐버린 사내들

영원히 질문을 그치지 않을 얼굴들

침묵 속에, 무언 속에 그리고 무엇보다

판단 속에 또 확신 속에 남겨질 테니

위험이 없을지어다, 이것이 바로 형벌이다

꼼짝 않는 잊힌 자들은 언제고 몸 바쳐

검은 장막을 당신 몫으로 남겨두리라

당신이 손을 뻗어 역사를 풀어낼 수 있게

말로 주검이 되고 사람들로 인간이 되다

자만이라는 끔찍한 죄를 저지른 탓에
속이 빈 초월을
고독한 영원을 주무른다
그러니까
시를 쓴다

시를 쓴 탓에 근엄한 사람이 될 뻔했고
시를 쓴 탓에 목숨을 잃는다
이 사람들을 봄으로 내 죄를 덜어낸다

악취를 뿜어내는 거짓 위계로부터 멀찍이 떨어져
어느 광신적 집단의 추종자가 될 뻔했다
모두의 목소리를 나르는 맹금류

모두가 이해하는 것보다 더 세상을 이해하려 들지 않으리라
마지막에서 처음을 잊지 않으리라
다른 이들에 관한 신호를 믿지 않으리라
다만 내 위로 내리쬐는 유일한 빛만을 믿으리라

내 삶을 완성하겠다고
은밀하게 시간을 낭비한다
선택받은 자들의 사막으로 달아나기 위해
나를 구별 짓는 까끄라기 전부 갈아버리리라
내 투쟁이 오만함의 명분이 되지 않도록.

자명함의 정점에
재능의 탑에
다른 이들의 목을 치는 자들에게
미미한 삶들의 재에
결코 도달하지 않을 목소리만 알아보리라
시를 쓴다

나 내게 구원을 허락하지 않으리라

특파원

자기가 길들인 지옥이라는 작디작은 무대 곧
자기 망상 속에 수척한 화신으로 현현한 그는
권력도 군중도 제 삶을 바치겠노라던
짧은 꿈조차도 기억하지 못한다
오래전 우두머리에게 매혹당한 일이
그로 하여금 열정의 마지막 약속을 느끼게 했다
침묵 속에서 피도 없이
여자들 시골들 지도자들 책들
한데 뒤섞이던 안개 속에서
소외된 자 아직 그녀의 손길을 느낀다

수십 년 아직 흐르지 않았다
나는 오후의 빛 속에서, 내 손길을 거쳐간
사내들의 평행세계 속에서 홀로 걷는다
나는 거대한 무대이자 제일가는 공연이다

아무도 지식인들의 절망을 믿지 않는다
총명한 자들이 늘 길을 잃고야 마는
합의들도 믿지 않는다

밤의 방문자들을 쫓아버리고
생명의 징후들에 양분이 되는 빛
다른 장소에서 꿋꿋이 자신을 밝히리라

시의 사회적 임무

만일 모든 삶이 우리네 삶과 이어진다면
나 단어 하나를 남기고 싶다
추억들로 야속한 이 오후들에
누군가를 감싸는 단어 하나를

우리는 행복했고 배우기도 했지

성숙함에서 비롯한 조곤조곤한 잡담이

돌풍에 흩어졌다

널따란 길들과 길들의 나무들

다시는 그 난잡함이 주는 기쁨을 누리지 못하리

잘 가거라 젊음이여 안녕히

우리는 다정스레 경의를 표하며 작별을 고했다

주검들

그리고 살아 있다는 기쁨

타협하지 않았다는 사실만이 우리를 구했다

잘 가거라 젊음이여

오직 너의 유령들만이 자아를 지닌다

오직 그 질펀한 삶의 방식만이

사랑을 되돌려준다

나 자신에게 다가가게 한다

분노의 땅으로 빗나감을 눈감아준다

그러고는 영원한 대화에 나를 끌어들인다

자비로이 나를 가르치는

소리의 주인

자비로이 나를 기다리는

내 가장 친밀한 이

나 이 세상에 미소 짓고

이 죽음의 유연성을 즐긴다

결국 나를 지켜주지 못한 정통성의 끝에서

흩어진 내 잔해들을 구하는 해방의 끝에서

마침내

누군가 내 이야기를 대신 해준다면

우리 이제 아버지 앞에 나왔으니 그는 이번 생의 재판관이

　　요 형제로다

이론이 부재한 사상가들에게서

불안에 시달린 심약한 자들에게서

제 고뇌에 맞서지 못했던 구세주들에게서

보호자 남성의 이미지를 찾고자 했던 아버지

내가 결국 누군가의 소유물이라면

―무덤의 빛 그림자 소리 또는 내 삶―

나 이제 당신께 물을 수 있으리
당신의 피조물은 누구입니까?

정의에 도달하기까지 적군을 향하여

어떤 삶들에는 가벼운 죄가

어떤 삶들에는 불꽃 같은 낙인이

그리고 가없는 불운의 황무지만이

모든 고통을 부당하게 떠안은 이들의 삶에는

제국의 피가 불러온 결과에 분개하는 이들의 삶에는

죽은 우두머리들과 포로로 붙잡힌 투항자들이 있다

희생된 신화적 친구들이 있다

그들은 이제 썩어버린 순수의

진정한 대중운동의 영원한 주인이 되리라

그들에게는 죽은 우두머리들이 있다

평범한 삶을 향한 희망이 있다

낮의 빛 밤의 어둠 엉뚱한 만남이

그들을 괴로움에 잠긴 수행자들로 만든다

아직 순간의 공기를 감사히 여기며 걷는 자들

과거를 청산한 자들 그러니까

제 고인(故人)들을 제 도시를 묻어버린 자들

그리고 그들과 함께 스스로 묻힌 자들

오직 그늘만이

공포의 원흉 실증주의를 지식의 덫으로 여긴다

낮의 시간들을, 죽음으로 향하는 길을 여전히 알아보는 것

그것은 길든 동물들과 공존하는 이들의 저속함이리라

그들은 안다

아름다운 짐승들이 궤멸했음을

그리고 우리 미미한 짐승들이 살아남았음을

어떤 영혼들을 건드리지 않는 것

이 체스판의 말들을 계속 굴리는 암호

이 판에서 바뀐 단 하나의 말

살아남은 이 시커먼 폰이로다

대관절 내게 지금 과거가 무슨 소용이란 말인가?

....

어떤 메아리는 내가 얼마나 눈물로 호소하든

아직은 도무지 잠잠해지지를 못한다.

같은 일이 이 메아리에도 일어났다

내 가슴에 품은 이 메아리에.

안나 아흐마토바

권력의 환상을 품게 하는

예복도 격식도 그녀는 결코 가져본 일 없다

나의 경멸이나 현혹에는

다만 현실과 역사가 있었을 따름이다

결코 무뎌지지 않고 찬미받는 명석함이여

슬픔을 이야기하는 게 아니다

오로지 기억이라 부를 수밖에 없는

지워지지 않는 내 기억이

아직도 정의의 땅을 바라보고 있다는 이야기다

전쟁 사이의 보헤미아

낙원을 누렸으나
―열대지방 도시 빛 영웅적인 연대―
얼마간의 부끄러움과 정직함을 간직한 그들
제 나라를 향한 고독한 울부짖음과
돌아가겠다는 생각을 질질 끌며 살아갔다

내 신화들의 무덤

의기양양한 월계수 아래 우아한 체하는 치터[5] 아래
기울어진 장미 아래에서 시인들이 잠을 청한다
쇠사슬에 매인 그들 결국에는 위험을 면한 그들
부유한 동네에서 탐낼 법한 나무 아래
귀하신 이름들 아래 시인들이 잠을 청한다
조국의 아버지들 법규의 아버지들이 묵인한 그들
가을에 맞서 제비꽃으로 무장한 그들
섬에서 찾기란 어려운 그들
무릎 꿇은 경건한 기억의 비호를 받는 그들

불가항력의 비극에 상황의 비극에
문명의 비극에 빠진 우주 한가운데서
불운으로 향하는 발걸음 가벼운 길에 빠진 세상 한가운데서
나 어느 영역을 일구어냈으니
그곳에서 내 짐승 아직 목숨을 부지한다
몇몇 죽은 자에게 내 삶을 이야기한다
꿈들에서는 내가 잃어버린 몸들이 구걸하고
대리석 관을 함께 나눌 이 거의 아무도 없구나

시시한 신화들이라는 덫 따위 필요 없다
우리 자신의 명석함으로
사람이 아닌 도시의 이름을 지니는
우리의 영원한 슬픔으로 충분하다

흔적을 지워버릴 수 있겠지
그 시들을 쓴 손을 잘라버릴 수 있겠지
힘 있는 목소리에, 위엄에 빠져버릴 수 있겠지
그러나 돌로 된 기억과 넝마로 된 심장을 가진 나이기에
언제 어디서 누구에게 작별을 고했는지 알고 있지

H. M.

그대의 꽃들이 없었더라면 나는 어쩔 뻔했나요
변치 않는 그대의 몸짓 그대의 장소가
없었더라면 나는 어쩔 뻔했나요
상실을 망각을 무엇보다 마지막을
생각해야만 했더라면 나는 어쩔 뻔했나요
그대의 확실한 기억이
없었더라면 나는 어쩔 뻔했나요

A. B.의 죽음

이제 나 어느 열린 문에 영원히 등을 지게 됐으니
내 주인들 내 유일하고도 아득한 사랑의 반영이 그와 함께
  죽었다
남은 것이라곤 다만 변변찮은 심상들뿐 그것들을 나
수난과도 같은 열정이라고 파괴라고 죽음이라고 부르겠다
그것들이 방금 내게 낯선 주마등을 펼쳐 보이니,
영원히 훼손되지 않을 내 끝나버린 젊음의 무대로구나

이곳에서 떠남이란 곧 머무름이다
돌아가기를 스스로 금한 여자인 나
―내 몸, 내 젊은 피부, 내 주량(酒量)이
남겨진 장소들, 가장 하찮기로는,
내 마음이 남겨진 장소들―
지긋지긋한 언덕들 지독한 소음들
출구 없는 암호들이 있는 도시로 돌아가리라
밝혀내지 못하는 것들을 의심하고 보는
거부하는 것을 밝혀내고야 마는 그 도시로 돌아가리라

물을 상징을 나 알지 못한다
그 권세를 나 알지 못한다, 그러나 빈터 위
텅 빈 창문들과 주인의 자만과
하나뿐인 안뜰과 그것이 자아내는 조화며 숨겨진 의미라면
기진맥진한들 죽지 않은 어떤 기억이라면 알고 있다
누가 그라나다를 떠났는지 묻는 법이라면 알고 있다

파카 림바우의 단단한 존재감과 그녀의 도시가
내 마음속 무언가를 바꾸었다

대관절 왜 무엇을 위해서, 그것은 시간이 말해주리라
그 기억의 값을 치르는 날이 올는지 시간이 말해주리라

끝 모르는 내 가난과 옹고집이

누군가에게는 어쩌면 제 젊음의 노래일지도 모른다

역겨움과 자명함이 뒤섞인 것

우리가 운명이라 부르고야 마는 이 혼합물을

돌이킬 수 없는 내 늙음이 정당화하는 것처럼

유럽의 도시들에서

내 나라의 도시들에서 개들은 결코

사지 멀쩡히 생을 마감한 법이 없었다

나는 주기적으로 내가 누군지 잊는다

그러나 이것은 영원이 허세를 부리는 것이다

왜냐하면 마지막에 남게 될 이는 결국

일요일마다 홀로 공부하던 계집아이뿐

밤마다 홀로 시를 쓰는 노년에 접어드는 여인네뿐

처음에 나는 혼자였다

―그들이 나를 사랑했을 때―

마지막에도 나는 혼자일 테지

그가 나를 더는 사랑할 수 없을 때

이데올로기와 응용과학을

윤리와 무모한 열정을

예술과 손재주를

계급투쟁과 세대 개혁을

혼동한 교양 있는 사상가들이 호시탐탐 노리는 와중에

나는 문화의 새로운 주인들이

내가 사랑하던 것들을 파괴하고 적에게 얼굴을 입힌 모습
　을 본다

그러나 나 매분 기억하기를

내부 전선이 무너져서는 안 되는 법이다

비록 이제는 그 전선이란 게

내 기억과 내 고독에 지나지 않을지라도

개가 제 주인의 얼굴을 닮아가듯
비참하거나 고귀한 몸짓 속에서
거의 늘 정확성을 비껴가며
우리는 우리의 신화들을 닮아가리라

나 국가와 아버지들과 남자들을 잃었으니

이제 아무것도 내게 침묵을 강요할 수 없다
청렴한 증거를 요구하지도 못하리라
나 시간과 죽음으로 값을 치렀으니

언젠가 우리 가까웠는데

이제는 꿈속에서만 마주치는구나
어느 도시 박물관의 복도들
내가 사랑하는 어느 이탈리아 도시에서
성탄 전야의 지하철역
역사에 남을 법한 우리 품위의 사용료가
이미 부과되었구나

나를 잊은 이들에게 감사를

백지로 남은 그 시절에 감사를

사실 내 심장은 저 자신의 추억을 먹고 산다오

.

부에노스아이레스 1960-1970

집에서 공연히 손을 뻗어본나
승리와 특권이
자연히 내 것인 줄로만 알았던 오만의 값을 치러야 한다
내 인생의 모든 단계를 살아낸 그 십 년
헛되게도 나 돌아가는 길을 알고 있다
내 고통을 보이지 않으리라 내 죽음들은 더더욱 보이지 않
　으리라

귀향

대성당들은 두셋의 경로로 나뉜다
돌들이 세기들을 집성하고 환원한다
그중 한 국가를 골라 계산을 마무리 지으련다
나 이제 그만 잊고 싶기 때문이다

시인과 내면 살피기(1993)

그것은 가정의 냄새가 아니었으니,
다시금, 그것은 불안한 삶의 냄새였다.

안드레이 플라토노프, 〈귀향〉

정겨운 안부

정겨운 안부

어찌나 행복한지 변두리 동네의 계집아이
수첩을 들고 다니는 문화의 꽁무니 출신,
보석 같은, 젊음을 누리는, 항구를 산책하는, 당신 손안의
　그 애

어찌나 행복한지 유수한 도시에서 홀로 저녁을 먹는 여인네
미적지근함과 안도 앞에서 벌벌 떨지 말고
사막의 유혹을 택하라고 당신이 가르쳐주셨지요

모든 성인의 날 전야에 나는 발레를 볼 것이다

내 몫이 아닌 영생

다른 이들의 몫인 영생이 내게 상기한다

그들을 보았으니 나 살아남으리라고

머무르겠다고 혹은 그러지 않겠다고

선택하고 선언한 까닭에

내게 행복이던 거의 모든 것과 달리

내 심장은 완전히 부서지지 않고 견뎌냈다

내 도시의 집들과 무덤들에 여전히 머무른 까닭에

텅 빈 몸뚱이들을 비추는 촛불 사이에 여전히 머무른 까닭에

유령들의 영원한 밤을 나 홀로 버틴 까닭에

내 삶은 이름들과 소망들이 있는 삶이 되었다

서지에 관한 집착

가정의 기쁨[6]은(여기서는 알렐루야[7]라고 부른다)

강렬한 분홍 꽃이 피는 식물이며 키우기가 쉽습니다

그러나 심을 때 조심해야 하는데

나중에 뿌리 뽑기가 무척 힘들기 때문입니다

나는 그저 우리 집에 늘 있던

꽃을 좀 다시 갖고 싶었을 뿐이다

그런데 이제 기억을 따라야 할지

이 훌륭한 소책자를 따라야 할지 모르겠다

그녀에게 재스민을 사다 주자

소신을 굽히지 않는 좋은 여자야

그리고 공연한 말이지만

모든 것은 산산이 부서지고 종이호랑이가 되기 마련이라네

어쩌면 문서 세단기에 먹혀버릴지도 모르지

그러나 내가 낳은 적 없는 자식들이 다시금 제 적들을 선택
　　할 테고

적들이 마지막 승리를 쟁취하지 못하게 다시금 막을 거라네

시인들의 말은 시인들 자신을 도울까?

정처 없는 자기 일화가

시인들의 길을 도울까?

그대 운명에 내가 있음이

나 자신의 운명을 도울까?

그 많은 기구한 열정에 함께하던 이

내 모호한 열정에도 동반자가 되어줄까?

잘못 이해된 수많은 상징 끝에

공예의 재료가 되는 조악한 판지며 돌

다시 나를 찾으러 오리라는

맹목에 사로잡혀 수년을 지낸 후에야

비로소 꿈꾼 결말이

되풀이되는 꿈의 죽음으로

이제 영원히 미루어졌다.

우리 다시 만나는, 끝없이 이어진 승강장에서

영원한 청춘들에게 둘러싸인 우리

늘그막에 접어든 이들 오직 우리뿐이로구나

사랑하는 친구가 말하길

사랑하는 친구가 말하길
십오 년간의 침묵 끝에
나 다시 고향과 국가를 갖게 되었는데
이 황무지를 정복했다고 믿는 자들 틈에서
나 이전보다도 더 달갑지 않은 존재가 되더군

순간이 담긴 사진 한 장

내 삶은 치르지 않은 의식의 연속
부모를 묻은 일 없고
자식을 가진 일 없고
심연에 빠져 목숨을 잃을 일 없고
한 사내의 집에서 다른 사내의 집으로 옮겨간 일도 없다

그칠 줄 모르는 소음 뒤로 나를 붙드는
진정한 침묵 속에서
나 영원의 세계를 준비한다

내 삶에서 실패하지 않은 의식
우정 어린 당신의 두 눈이 찍은 그 사진이
나 사랑하는 장소에 살아 있었음을 언제고 말해줄 테지

이제 우리 서로를 거의 모르니

또 우리네 삶을 무시하는 자들

우리의 유혹에 넘어간 미련한 자들과

삶을 나누는 게 더 즐거운 법이니

우리 이 꽁꽁 언 유럽의 공원을 걸읍시다

얼마 안 되는 볕 드는 시간을 즐깁시다

하지만 그 이상은 안 돼요, 우리 이야기가 들어맞아야 하니까

내 나라의 명망 높으신 이름들

여름이면 스페인의 대학들을 들쑤신다

살라망카, 엘 에스코리알, 내 형제들의 단어들

앞발로 할퀴어대는 모습은 작은 섬의 방어기제다

나 이런 사치스러운 동물들을 많이 안다

반짝이는 장식 일부는 떨어졌고

어떤 별들은 끝이 부서졌다

그러나 더 장관이 남아 있으니

나 젊었을 적의 늙은 마법사들이

다 끝난 잔치를 입에 올리며

주지육림을 벌이는 집들을 하나하나 닫으며

방랑하는 국가와 시와 도시의

마지막 빈 병들을, 타자기의 마지막 리본들을 줍고 있다

양 끝에 있는 것은 종이 맹수들인가?

우리의 신화들은 기어이 살아남아
제 영묘를 재건하는 데 쓰일
망각의 돌 앞으로
우리를 되돌려 보냈다

우리는 신화들을 이어갈 청춘이 아니다
신화들을 부르짖는 과거도 아니다
비록 그것이 역사처럼 견고하고 자명하다 한들
우리는 깨지기 쉬운 미래 안에서 스스로 단련하고 싶다

좌익의 주체

내 나라의 역사를 읽지 못한 탓에

사랑에 빠지지 않은 먼지가 아니라 죽은 먼지가 되어버린

어느 정당의 훌륭한 풀뿌리 활동가가

되기 위해 교육받고

영원한 장거리 달리기를 위해 단련된 나

내 두 눈 앞에 뚫을 수 없는 벽 하나

그 뒤로 있는 것이라고는

또 다른 오십 년 동안의 노력과 기다림뿐이다

한 청춘이 문을 닫고 틈을 메운다

수십 년이 지나고서야 알았다

그가 내 심장에서 돌로 된 제 손을 꺼냈음을

멀리서부터 건드려지고

죽음으로 얼룩진 내 삶의 심장들

내 부모를 묻으며 또

내 자식들에게 묻히며 한 시대가 막을 내린다

헛소리를 늘어놓는 그들과의 대화는 무척이나 해롭다

대관절 꿈이란

예술과 진[8]과 욕망과 다른 것이란 말인가?

혹독한 숙제가 또다시 내 몫으로

합의를 받아들이지 않을 것

당신의 고독이라는 이 보석 같은 운명을 받아들이지 않을 것

당신의 마지막이 나의 마지막이 되지 않으리라고

말해야 한다는 혹독한 숙제가 또다시

이 도시 저 도시에 만남의 약속들이 있는

고통과 인생을 열정과 소유를

헷갈리지 않는 법을 이제야 배운 조금은 나이 든 여자에게

한 인생의 전부가 되라는 건 너무나도 어려운 숙제다

수상한 연인들

나 언제나 환영의 희망으로 돌아왔다
나의 색을 지닌 작은 동물들 꽃들
종이 심장들이야말로 내게 중요한 것들
그리고 이제 나 어느 집으로 들어간다
불을 켜고 물을 틀어야 하는 곳
그리고 깨끗한 잔에 담긴 음료를 기대 말아야 하는 곳, 그
   런 것 따위는 없다
다만 전화기 너머로 흐르는 어느 목소리가 있을 뿐이다

나 어둠에 싸인 집에 들어가기로 했다
하여 내 삶에 애수가 뿌리내리지 않도록

결혼한 여자들

우리의 자유와 고독에는
심연과 천국에는
목격자들이 있지, 내밀한 시들
한 세대를 담은 신화적인 일화집
자 이제 그들이 영원히 함께하리라는
이해할 수 없는 위안을 우리에게 주세요

사람들은 언제나 홀로 여행한다

우리는 나일강을 마주하며 술을 몇 잔 들었고 보스포루스
  해협에서는 생선을 먹었다
그리고 동방의 라 트라비아타를 보았다
온갖 언어를 동원하여 호텔이며 길을 물었고
신선한 재스민 목걸이와 설탕 과자
또 그곳의 다른 관습들 틈에서
돌연 우리는 진정한 여행을 시작했다
우리 자신을 알지 못했던 그 나라로

당신의 목소리를 들으며 수백 번의 일요일을 홀로 보냈습
니다
당신의 헌사를 그려보면서
당신의 감정 기복 안에서 스러진 종잇장
도대체 나 혼자서는 하루하루를 계획할 수도 없군요

선한 사람들은 행복이 어디 있는지 알고 있다

내 아버지는 노동계급의 고향이 어디인지 알았기에 행복했다

우리 집 관리인, 그녀는 빚이 없어서 행복하다

내 친구, 그녀는 사랑이 커서 행복하다

나는 당신을 되찾고 당신을 잊고 거부하고 기다림을 놓지
　않는다

당신의 옆모습 아직도 내 마음을 흔들고

그럴 때면 행복이란 늘 남의 것이라거나 단순한 사람들만
　의 것은 아니라는 생각을 한다

그들이 나를 사랑했었노라고 기꺼이 믿고픈 마음에

내가 그들을 사랑했는지는 알 수 없지만

―이해합시다, 헌신하는 여자, 헤매는 여자, 구원도 없이―

아직은 그들의 사랑을 이해하고 싶다

돌아오거나 머물며 열정을 되풀이하는 사내들

아직은 그들이 내게서 어떤 얼굴을 보는지 알고 싶다

그들이 열정이라 부르는 그 기이한 순간에

시인과 내면 살피기

시인과 내면 살피기 Ⅰ

한 여자가 집에서

농어 한 토막 구울 채비를 한다

창문 너머로

유럽식 도시 계획의 의기양양한 건물을 본다

그러고는 카프로니⁹의 새 시집을 사야겠다고 생각한다

그녀는 엉뚱한 시간과 장소에서 먹고 읽을 것이다

번역물을 분리하는 데 한나절이 지나간다

대양의 이편을 저편으로

젊은 시인들을 그녀 세대의 시인들에게로

오랜 친구들을 새로운 친구들에게로 옮긴다

제 나라에서 다시 옮겨져야 할 삶을 그녀는 여기에 옮겨두
    었다

네그리¹⁰가 말한다, 언제고 그가 속했다고 믿었던 공간

좌익의 공간은 여전히 건재하다 그가 말한다

새벽에 그녀는 먼 도시를 불러낼 것이다

그러고는 그녀를 둘러싼 사물들을 다시 옮길 것이다

사물들이 생을 마감할 장소의 암호를 옮길 것이다

시인과 내면 살피기 Ⅱ

내 수난의 장면들과도 같은

내 여생과도 같은 집 한 채

오가는 길의 한가운데

아침이면 나는 자리 잡고 앉아 일을 시작한다

끝이 보이지 않는 이 번역 작업 중에

뒤적이고 또 뒤적일 수천 페이지

이번에 작업할 언어의 사전으로 책상을 꾸린다

친구들의 시 몇 편, 시작되고 고쳐진 편지들

공과금의, 건강염려증의, 주말에 먹을 음식의

목록이 때맞춰 끝없이 이어진다

그 어느 때보다 빠듯한 지금 부디 부족함이 없기를

나는 영원한 여행을 준비한다

그러나 덧문들은 절반만 닫는다

이 집을 어디로도 옮기지 않는다

그러고는 내가 아는 천국들을 다시금 즐거운 기분으로

여행할 준비가 되어 청소년을 위한 이십 세기 교양서적의

첫 단어들을 스페인어로 옮긴다

시인과 내면 살피기 Ⅲ

내 창문 너머로
여름의 침묵 겨울의 침묵
음식이 상에 오르는 모습을
불들이 켜지는 모습을 본다
해 질 무렵의 등불들 정오의 식탁들
그들은 과연 나라 없는 여인네를 거두어줄까?
내 마음은 영원히 다른 땅에 머무르고 있는 게 아닐까?
관습에 따른 예절과 거리가 먼 나를
거두어들이고는 이방인이라고 손가락질한다
바다를 등진 삶 그것이야말로 내 삶의 길

바르셀로나-리옹

내 나이가 되면 사람들은 마침내
안정적인 집과 제 세대에서 분명한 자리를 찾는다
그들이 이야기하는 건 친구들과 망해버린 술집들과 전남편
　　들이지
세상 여기저기 흩어져 사는 친구들을 방문할 계획이 아니다
이 나이가 되면 사람들은 한 나라에 한 편에 정착해야 한다
밤 기차를 타고 국경을 넘나드는
이런 여행들이 아니라

오월에 세워두기

낮이 짧아지기도 길어지기도 하는 오월이

돌아와 내게 전설을 상기시킨다

개들이 추억이라는 이름으로 불리는 이 영원한 연회에서

오월은 빛을 향해 나아가고 추억들은 빛에서부터 돌아온다

내 기억 속에서 잠잠해진

오월은 두 갈래 길로 뻗어 나가고

나로 하여금 한 해 더 살게 한다

다른 위도에서 오월은 감미로운 밤들을 되찾는다

언젠가 그 밤들에 관하여 쓴 적 있다

이곳의 오월은 추적추적 내리는 지중해의 비로 나를 감싼다

먼 거리가 더 멀어질까 두렵다

이 여름이 거리를 상기시킬까 두렵다

내가 몸을 움직이는 도시와

내가 사는 도시 간의 거리를

한 남자를 따라 아프리카의 거친 해변으로 간다
친구들을 따라 일요일의 태양을 향하여 간다
커져가는 빛 또 꺼져가는 빛
두 갈래 길의 한가운데 오월이 있다
봄인가? 가을인가?[11]
물에서 추위로 추위에서 물로
태어나고 또 죽으면서
나무들의 색깔은 어디선가 일치하게 될까?
내 삶의 끝은 내 존재의 끝과 일치하게 될까?

오월에는 겨울의 여행들을 묻는다

마술적 열기가 있기 이전의 진짜 유럽에서

장례식 같은 오월의 시작을 기념하자고

당신은 내게 은방울꽃을 가져다주었겠지

다른 지점(至點)이 마술을 부리게 하려는 하얀 꽃들

나와 내 천사가 황무지에서 애원하게 하려는 하얀 꽃들

이제 아무도 물가에, 이름 찬란한 바다들에

팜파의 늪들에 오지 않더라도

기억 속에 오직 한 사람이라도

지키게 하려는 하얀 꽃들

우리 다른 도시로 갑시다

죽음들이 우리의 여행들을

금하거나 허락하게 내버려 두지 맙시다

이제 편지들이 이전보다 빠르게 온다

그래도 열흘마다 똑같은 편지를 쓰지는 마

편지에 동봉할 작디작은 하얀 꽃들

수북한 폐허 틈에서도 자라나는 파편들

우리 다른 도시로 갑시다

가져갈 것이라곤 여행 사진들과 마른 꽃들 그리고

이제 물을 건너는 데 통달해버린 이 책들뿐

너무 추운 시원에는

닫힌 창문들이 더 굳게 닫힌다

내가 하나둘 열리는 창문들에만 골몰해 있을 때

더 짧아진 오후의 햇살

마른 꽃들 사냥감의 황금빛 깃털들

가을과 가을의 채소들 제비꽃

더위를 위한 선물인가 추위를 위한 선물인가?

어느 나라를 위한 선물인가

계집아이들은 해변을 향하여 자라나는가

아니면 장난감들로 닫힌 실내를 향하여 자라나는가?

친애하는 이들을 위한 물건들을 적절치 못한 때 사들인다

옷장에 넣어 두어야 할 옷과 꺼내야 할 옷을 헷갈린다

사실 이해하고 싶지 않은 것은

방금 깨져버린 유리로

오붓한 일요일들의 죽음 같은 침묵이 들어온다는 것

내가 보지 않는 이들 제때 만나지 못하는 이들

제때 소식을 듣지 못하는 이들만이 해변을 향하여 나아간다

사람들은 서로 엇갈리기 위해 편지를 쓴다

그러나 우리 다시 만나리란 말을 헛되이 한 적 결코 없으니

지금은 다만 깨진 유리를 교체하는 데만 신경 쓰면 되는 것
이다

60년대의 시인들

60년대의 시인들 Ⅰ

얼마간의 광휘와 온갖 멸시 속에 함께

수천의 종잇장들 우리의 것

그리고 언제나 그 파티의 무거운 짐이 있었다

수천의 종잇장들 우리의 것

단 한 번도 선한 사마리아인의 짐이 있던 적은 없었다

우리에게는 외투가 넉넉하지 않았다

더욱이 그것을 벗어줄 수는 없었다

세월과 국가들을 지난 후에도

신전을 허무는 자들의 오만은 여전하다

우리의 기억이라는 유혹적인 이야기가 있다

그리고 내 안에서 그대들 가운데 내가 선택한 이름들을 쉬
　지 않고 되뇌니

비평하는 자들의 영광을, 원한을 품은 자들의 고통을 그리
　고 잊힌 자들의 분노를 위함이라

내 목소리가 들린다면 그것으로 나 기뻐하리라

60년대의 시인들 II

수상쩍은 인연은 열정이었고 열정은 말이었다 혹은 열정이 욕망이었는지 혹은 욕망이 사랑이었는지 또 어떤 생명의 검은 두 눈은 그저 밤색이었고 며칠 가지 못했는지 또 **정당**이 아버지였고 절연이 곧 어른을 의미했는지 또 해방이란 다만 그를 사랑하는 것이었는지 이제는 알 수 없었다 그러나 그녀의 욕망을 채우는 것과 시는 친구였고 친구를 위해서라면 언제나 더 내어줄 터였으니, 공주여, 그들을 속였구나, 셋이 넘는 수수께끼를 그들은 다 풀지 못했고 그녀의 눈이 어떠했는지 우리에게 말하지 못한 이들은 죽음을 맞이했다 그들의 죽음 너무나 이르고 나의 죽음 너무나 꾸물거리는구나

주요 노선의 출발지(1997)

I

이제 벼랑에서부터 집이 보이지 않는다
나무들이 자라며 두려움을 가지고 갔다
시대가 신화를 향해 걸어간다

II

여전히 집들을 혼동하고
옷도 잃어버리기 일쑤
내가 눈앞에 있는 문들을 찾아 헤매는 동안
그들은 현관에서 마냥 기다린다
그러나 이제 얼굴을 감추고 드러내지 않는
얄팍한 자들을 나무랄 따름이다
나 이제 얼굴들을 볼 만큼 나이 먹었으니

III

마흔은 내 밤의 정원이 되었다

상징 따위는 없다, 말하는 자들은 죽지 않았다

그들은 젊고, 가난하며 같은 동네 출신이다

그런데 이제 그들이 나를 보고 내게 말을 건다

그들은 내게 이모들 할머니들 도레고가(街)

장미원 또 피콜리 디 포드레카 인형극이 등장하는,

아직 내 혀와 내 투쟁들로 훼손되지 않은 무대를 돌려준다

IV

이만큼의 꽃을 담을 꽃병 하나가 없다
키가 큰 꽃들이 꽃병들을 넘어뜨린다
아니면 교훈을 일깨워주는 것인지도 모르지
있는 것이라곤 제비꽃을 꽂는 작은 꽃병뿐 그 옆으로
머리, 장화 신은 발 그리고 늘어뜨린 손 하나
별 볼 일 없는 질그릇의 부서진 파편들, 당시에는
고양이 재떨이, 숙녀의 꽃병
따위의 이름으로 불리던 사물들인데
아름다운 장식 나의 집
그리고 이제는 잔해가 되어버린 물과 꽃을 담던 저 꽃병

V

사랑하는 도시들의 꿈 위로
한 소녀가 몸을 흔들며
한 여자의 여행길을 그린다
수십 년 동안 여자는 문화의 가장 굳게 닫힌
심장을 찾아 나서는 일의 가치를 믿었다
사랑하는 도시들의 꿈 위로
한 여자가 아직도 찾아 헤매고 있다
앎에서 오는 행복이라는 마법의 돌을

VI

푸엔카랄

세계 최상의 군대가 최초의 치욕을 맛본 길에서,
낯 모르는 여인의 목소리가
묻는다
이토록 많은 죽음이 따르는 나를 그대 곁에 둘 건가요
낯선 내 목소리가 묻는다
마지막에도 나를 그대 곁에 지킬 건가요

VII

모란디 화풍

새파란 오팔 유리잔 둘
모란디 화풍과는 거리가 먼 빛이 담긴 정면들
맨 안쪽은 부엌의 탁한 색들이다
겹겹이 쌓인 동네의 안뜰들
탁자 끝에서 무언가 기다리고 있다
그것이 손인지 꽃인지 눈물 훔칠 손수건인지는 모른다

VIII

S. B. 내 젊은 심장이여

무턱대고 어느 번호를 누른다
누구에게 거는 전화인지 안다고 믿으면서
사실은 끊긴 전화들의 공백을 메우는 것이다
전부 사실이다
부고와 날짜
소식을 알려주던 친구
그러나 이 밤 당신의 목소리
따분한 교정원이
애매모호한 약속을 들고 찾아와
우리 우정의
기쁨을 다지고 끝맺는다

IX

내면들

연대의 첫 번째 의미를 잃었다

수평적 연대를 잃었다

길모퉁이의 창고지기 친구 이웃

문들 안쪽에서는 이제 삶을 논하지 않는다

그곳 르네상스풍의 부엌들이

카르파토스 섬의 집들이 남겨진 곳

근원적인 베일에 싸인 우리 내면들의

박물관은 없으리라

내 할머니들이, 손 까닥 않는 자식들이

영원한 방종이며 문학적 환상 속에 사는 남자들이

망가뜨린 우주를 어떤 여자들은 구해냈다

그녀들

안뜰의 식물들에 물을 주며 구해냈다

X
망명의 위대한 이름들

수도를 방문하러 행차하실 때
계몽적인 행사에서
위인이 되어버린 늙은 동지들
망각으로 보내질 책들을 기꺼이 받는다
혼란의 위대한 스승들
혼란에 빠지는 법이 없다
반어의 엄한 스승들
가장 천진한 자들에게는 무서운 역할을 내려놓는다
그들은 안다, 역사가 늘 말하는
그 손이 속박을 풀어주리라는 것을

XI

빌리켄

왕자는 두 가지 길을 선택할 수 있으나
거기에 과수원은 없다
나 살면서 잃어버린 사람들이
나 살아온 이야기가
조토[12]의 그림 같은 바위틈에서
지난밤 우리 걸었던 이 길의
끝을 갉아먹는다
침묵으로 보낸 이 모든 세월조차
이 길이 향하는 낭떠러지를
제 편으로 만들지 못했다

XII

지로 1937[13]

징적인 해 질 녘

매 구간의 끝에

온유한 작은 동물들이 다시 모습을 드러낸다

하도 많은 경주를 겪고 나니

그들의 몸을 이루는 질료가 변했다

연약함에서 단단함으로

누군가는 말하길

흔함에서 아름다움으로

아무도 의심하지 않는 것 있으니 그들의 지구력이다

XIII

밤중에 떨어진 이파리들
아침이 오자 한데 모여 그 색깔을 되찾았다
내가 선물하는 꽃들이 돌아온다
나는 이제 글로 읽은 색들만 기억할 따름
밤나무의 붉은 이파리들
좀이 슬어버린 사진들
내 젊은 날의 나무들이 어떤 나무들이더라
때로는 나 차마 걷지 못하는 길들의 나무들이던가
가없이 펼쳐진 대리석 풍경 속으로
밤중에 내 인생의 꽃들이
우리 집의 이파리들이 돌아온다

XIV

등 돌린 마음들을 위한

비현실적인 실루엣

우리는 이름들을 잊기 전에 모인다

그러면 아직도 어느 따스한 손이 되살아난다

XV

작별들

항구에서의 산책은

내 유년의 교육이었습니다

기름이 둥둥 뜬 시커먼 물에

지나치게 가까이 가도록 당신은 나를 떠밀었지요

종이 함대들

전투를 준비하는 회색 함선들

그리고 그 맞은편에는 점점 작아지는 한 소녀가 있었습니다

XVI

거리의 노동 거리의 삶 밤의 유혹

동틀 무렵에 돌아오겠다는 제국의 꿈

모조 보석의 숨겨진 야망 융단들 색깔들 광채들

언제나 광채들

광적인 집단들은 이를 이용했다

사건에 매달려 살 수 없는 노릇이다

파티가 벌어지는 짧은 시간에 매달려 살 수 없는 노릇이다

그러나 매일 밤 확인하고야 만다

아침에 계획한 여행을 완수하기 위한

최소한의 세부 사항조차 빠져 있음을

XVII

심야 영화를 본다
늑대들의 밤
내가 작별을 고할 때마다 애들이 불어나고
항공편 일정들이 뒤섞인다
내 기억 속 거친 사내들이 속이 훤히 비치는
옷을 입고 나타나는 바람에
모두 애써 못 본 체한다
한밤중에 보는 이 공포 영화는
이제 내 사적인 사진 몇 장과 비슷해 보이기 시작한다

XVIII

노스페라투

꿈도 꾸지 않고 자기 위한,

죽음을 꾀어내기 위한 조건이 밤사이 바뀌었다

정확한 시간도 인간의 손이 닿지 않은 자연도 이제

우리 영혼에 가해진 강도질의 기나긴 목록 안에서

오랜 저주들로 죽음을 깨우지는 못한다

죽음은 우리와 집과 식탁을 공유하며

환대의 법칙을 따르지 않는다

그리고 이따금 우리를 저 자신에게서 몰아내기도 한다

국내의 찬란한 지성을

내 나라의 축복받은 친구들을

햇볕과 제 잠음에 눈을 질끈 감는 누군가를 기다리는 일로

누군들 바꾸지 않겠는가

더는 죽음에서 벗어날 수 없는 곳으로 향하는

이코노미석 항공편을 퇴폐적인 분장을 한 사내의 꿈을

꾸지 않는 항공편으로 누군들 바꾸지 않겠는가

거부당한 욕망을 실은 그 국내선 비행이

내 두 눈을 감기지 않게 했다

그리하여 내 고향의 일몰에 맞추어

꼬박꼬박 돌아오는 이 퇴폐적인 사내가

이 삶에 영광의 정취를 불어넣도록

그 세월과 그 밤들을 잊지 못하도록

XIX

다른 시절에는 종종 보던
여명을 보려면
끝내 자라지 않을 새끼들을 먹이면서
밤새도록 걸어야 한다
이제 나 청춘에 관한 이론이 있음을 안다
빛이 모습을 드러내는 광경을 보는 일, 그것은 첫 거절을
탄생의 지독함을 상기시킨다
그리고 끝의 시작에 관한 이론이 있음을 안다
빛이 모습을 드러내는 광경을 볼지라도 그것은 밤을 되찾
  는 일이다

XX

내 열쇠가
낯선 이들이 저녁을 먹는 집의 문을 연다
나는 문밖에서 남들의 파티를 지켜본다
그러나 잠은 지붕 밑에서 잔다

XXI

파티에서 돌아오는 이들

부정당한 기원들의 꿈을 보상해주지도 않을

만족감에 아직 얼이 빠진 이들이

우리 집 문 앞을 지나가며

함께 가자고 부른다

나는 우리가 앞으로 살아내야 할

체제의 야만적인 구간이 얼마나 남았는지 묻는다

그러고는 계속 글을 쓴다 매번 더 많은 부수를 쓴다

XXII

닫힌 창문들 뒤로
내 나라의 음악이 들린다
레퍼토리 좀 바꾸어달라고 부탁할 수도 있겠다
그러나 밤에는 나를 따라오는 법이 없다
코르도바가(街)의 카페 안
탱고 관람석이 텅 비었다

음악을 바꾸는 두 손
30년도의 무도회 차림을 한 사진 속 그녀의 두 손일 테지

XXIII

네가 살려낸 비디의 색들이 이제 바랬음에도

이 바다가 얼마나 다른지

되뇌는 것도 이제 지겹다

이 바다를 하도 묘사한 바람에

내가 아는 것이라곤 그 냄새 그 잔잔함 그 조용한 전진뿐

바다의 존재하지 않음

테라스에서 나는 점점 더 뒷걸음질 친다

그리고 이따금 해변으로 내려간 사람들은 어디에 있을까

　　궁금해진다

XXIV

한 나라에 천 하고도 셋

이 여자들을 전부 사랑한 남자들이 있다

이름들 되풀이되지만

명부에 결코 등장하지 않는 이름이 몇 있으니

그 이름들을 큰 소리로 말하고 싶지 않다

소개를 통한 만남에는 마음의 준비가 되지 않은 까닭이다

XXV

르누아르의 모조품을 사고 있는 그를 보았다
때는 내가 아직 소녀티를 벗지 못한 시절
요리 잡지의 체리 부문을 넘기지 못한 시절
모자 쓴 여인이 그려진 판화를 사고 있는 그를 보았을 때
그가 외톨이였음을 나는 이토록 긴 세월이 지난 후에야
이제 분별력이 아무짝에도 소용없는 죽음 안에서야 알았다

XXVI

눈보라가 지나가고 나면
시력을 되찾은 대천사 미카엘이 돌아온다
오직 여자애만이 그를 맞이하러 나갈 수 있다
그는 보고 싶었고 소녀는 이해하고 싶었다
그래서 그들은 각자의 전리품을 내보인다
이제는 읽혀 가치를 잃은 편지들, 소녀가 부엌에서
사용하는 법을 터득한 이국적인 향신료들

XXVII

내게 꽃을 사주는 남자
그는 내게 꽃을 바친 다음 주머니에 고이 넣어둔다
내가 증상들과 상실들을 마주할 때면 침착하라고 한다
내가 돌아갈 시간을 기억하는 걸 볼 때면
짐 가방을 그만 좀 찾을 수 없겠냐며 조른다
이리 와서 내 불편한 구두를 신겨줘요
그러고 나서 점심 먹기 좋은 곳을 찾아봅시다

XXVIII

니스의 열매들

모퉁이를 돌기 전에는

공원과 조각상들의 등을 아무도 의심하지 않으리라

소녀로 돌아간 여자가 내 선물 열기를 꾸물거린다

여자는 결정을 내리지 못한다

그동안 나는 도시든 가까운 마을이든

또는 더 자주 다니는 교통수단을 가리키는 팻말을 찾아 동
   네를 돌아본다

동네 주민들 틈에서

나는 다만 여기서 나가는 법을 묻고 싶을 뿐이다

여자는 제 추억처럼 눈이 내린

빨간색 초록색 주황색 초콜릿을 두고 고민한다

XXIX
콜라주

저 낭만주의 시인 나이로 보자면 신낭만주의 시인일지도
모르는 그는 일기장의 낡은 종잇장들 안에서 의미가 요동
치는 시들을 들이민다 메말라 들러붙은 가지들 몸뚱이들과
알코올로 뒤죽박죽인 일정들 욕망을 꿈꾸기 위해 약속된
포옹들 어머니가 보내준 식료품 선물들 콜가(街) 47번지에
서 이탈리아로 보내는 소포들 거실이 아닌 부엌에 둘 장미
어느 밤에 깨진 색색의 유리 조각들 그날 밤의 꿈은 베를린
공방전 또는 타코 랄로 또는 피렌체에서 몽상에 빠져 있는
트리니타 다리 모두가 저마다의 날짜와 장소를 지녔던 자
유였다

XXX

그는 나더러 자기가 좋아하는 책들과

축하에 쓸 돈을 약간 가져가라고 했다

그러고는 주요 노선이 출발하는 역의 중앙 홀에서 만나기

　로 했다

그이 대신에 수화물을 루르드[14]로 보낼

사람들이 도착했던 밤

나는 그의 마지막 선물을 챙겨 떠나야 함을 알았다

내가 사랑하는 책들

좋은 포도주에 쓸 돈

그리고 나를 비추는 거울 안에는

자애를 마주하는 메스꺼움이

이 주요 노선이 향할 사랑하는 목적지들이 있다

XXXI

그 이름은 축하연의 초콜릿에

내 화학적 증상들에

그 이름을 저항 않는 흑빵에

내가 보고 싶지 않은 대리석에 적혀 있다

그녀가 무시했던 열정의 시기와 함께

그 이름은 가장 싱싱한 꽃들을 동봉한 엽서들에

불안을 향해 열린

문들을 닫으며 그녀가 떠나야 했던 도시들에

그녀가 머물러야 했던 도시들에 적혀 있다

그 이름은 귀여운 동물 메모지에 적혀 있다, 그 이름은 작

　별들에

그 많은 포도주가 진실을 말하던 유일한 순간에 적혀 있다

그리고 이제 그 이름은 내 위로

내게 이름을 준 이름들의 추억 위로

이제 다만 이름일 뿐인 이들의 망각 위로 뿌려진 흙에 적혀

　있다

XXXII

그들은 동네의 어느 문으로 들어오고
밀랍 레이스로 만들어진 가짜 성으로 나간다
그들은 생명의 도시로 들어오고
부가 넘치고 부에 눈이 멀어
거부당한 도시로 나간다
입구의 빛은 그저 충분하다
출구의 빛은 욕망과 의식을 한데 모은다
둘 사이에 놓인 길만이 어두울 따름이다
종종 밤중에는 내 유년의 식물들
이민자 이웃들이
잠든 동네로 돌아오는 시간의 어둠 속에는
내 청춘의 새벽들의 식물들
두 개의 문 사이에 놓인 길은 그 시간의 기억을 간직한다

XXXIII
한 고전 작가를 위한 메모

점심 먹을 시간이 나를 짓누른다
내 기분을 달래주겠다고 과일이며 대회 티켓 따위를 내민다
내가 풀어야 할 오해들, 우리 가족이 사는 집의
색을 입은 사회적 죄들의 값을 나는 늦게 또 잘못 치른다
그러다 보니 벌써 황혼이 되었고 제때 도착하지 못했다
그는 집에서 슬픔으로 죽었고 나는 아무도 나를 찾지 않을
거리들에서 영원히 헤매게 됐다
그 거리들이 어디 있는지 알려줄 이들을
그 거리들에서 나와 함께 살던 이들을 모두가 잊어버렸다

XXXIV

이런 밤중에 먹는 것들 예전에는 먹어본 적 없다
내 궁핍은 더 그 나라의 색을 지녔었다
49년도에 나를 데리고 산책에 나서곤 했던 그 사촌
내게 유일하게 남은 연고
그것으로 평생
나 자신을 지켰다
비주류적 행동을 일삼으며 겉모습에 공을 들이며
작은 꽃바구니를, 성모 마리아가 새겨진 펜던트를
싸구려 보석점에서 팔찌를 사는가 하면 집에서 요리하는
예절을 깨부수겠다고 커다란 피자를 사 오던 사촌은
코리엔테스의 당구장들에서, 비야 크레스포에서
유대인들에게 밀수 담배를 팔았다
세월이 흐르고 나 밤에 마시는 진정한 커피를
새벽녘의 포도주를, 멋진 사랑들을 누리게 되었으나
그 시절 동네 사내들과 소년들은 다시 볼 수 없었다

XXXV

아메리카의 추방들

잡초와 발자국들이

피라미드의 계단을 둥글게 만들었다

피라미드의 오르막은 사진들로 또 사증을 관리하는

형을 선고받은 가이드들에게로 추방되었다

내게는 이제 오랜 친구들을 방문하는 일만 남아 있다

어쩌다 보니 이 나라에 정착한 이들

이들은 전형적인 음식으로, 남의 것을 발굴하는 것으로

그리고 기억도 없이, 최신 유행을 따르는 자들은 재즈로 피
    신했다

XXXVI
사드부터 내 친구들까지

그의 얼굴이 그가 지낸 감옥의

돌들로 조각되어 남았다면

단죄의 영원을 손에 넣고자

검은 실크 스타킹을 잃어버리기까지 했다면

돌로 된 그의 얼굴 앞에서 심문들이 증거들이 편지들이

영원을 위해 선택받은 자들을 데려가던 동네의 그 작은

집이 미끄러졌다면

그의 얼굴이 환희에 찬 붕괴와 질서의 기념비였다면

이런 밤중에 내 친구들의 얼굴은

내가 지키는 죽은 자들 보수적인 자들 헤매는 자들의

옆모습으로 드러난다 그리고 새로운 시대가 그들에게

들이민 형편없는 재료를 들고 있다

먹을 수 있고 오래가지 못하는 저널리즘

그들은 돌을 음식으로 변화시키지 못했다

다만 내 심장과 함께 죽을 세월만을 변화시켰을 뿐이다

XXXVII

꿈속에서 돌아오는 남자들

생에서는 이미 떠난 자들이다

그들은 현재의 얼굴을 하고 돌아온다

내가 얼굴을 알아보지 못한다 한들 받아들일 수밖에

그들은 돌아와 내 유능함을 칭찬한다

내게 제 이력서를 들이민다

그러고는 내 새 친구들과 오랜 친구들로부터

사랑하는 이들을 향한 내 호의로부터

추억으로 위장한 내 어떤 무관심으로부터

기대한다, 내가 그들을 칠십 년대의 죽어버린

지도 속에 머물게 해주리라고

우리를 별로 특별할 것 없는 장면들로

데려다 놓고 치욕을 다정함으로 바꾸어버리는

기밀 우편들 유럽 도시들에서의 우연한 만남들 사망 통지들

역의 수화물 보관소를 통해

그들은 보물을 찾아 나선다

몇 년간의 연대기라는 그 보물은 다시금 어떤 이념들과

어떤 삶들을 한데 모을 것이다

XXXVIII

지난 휴가 때 사진들
전부 엉망이 됐는데, 그 이유가 기가 막히지,
노출 과다, 빛이 들어가버린 거야,
그래서 우리는 엽서라도 사야 할 것 같았어
한데 풍경이 담긴 엽서들은 전부 동이 나고
이국의 명소들에 있기 마련인 전형적인
인물이 담긴 엽서들만 남았지 뭐야
우리 옷차림과 얼굴은 그들의 것을 닮아가고자 안간힘인데
같은 시간에 같은 장소에 있던 적 없으니
약간의 혼동과 어느 정도의 불안이 생겨나더군

XXXIX
종착역

스러진 가을꽃들이

집 구석구석에 널브러져 있다

종착역들의 폐쇄적인 주변에는

언제나 부티크 호텔이며 벨보이들이 있어

현실로부터 역들을 보호한다

싸구려 보석점 싸구려 옷 고약하게 차려입은 변두리 불량
   배들

이민자들 알티플라노[15] 음식

가장자리가 은으로 장식된 모자들과 차랑고[16]들

출발 일정이 있는 기차들 가까이에서

유럽 거리들의 추위 속에서

도착지와 종착지 사이의 버려진 곳들에서

계절의 변화를 처음으로 알리는 꽃들이 모습을 드러낸다

우리 기억을 되살리는 이들이 모습을 드러낸다

그러고는 우리에게 설명을 이어갈 힘을 돌려준다

XL

내 젊은 날의 제삼세계같은 영국 정착촌에

갓난아기들이 올라온다

우리를 불멸케 하러 오는 게 아니다

아기들은 내 동네 친구들의 얼굴을 하고 있다

내 어머니가 키웠던 사내애

오늘날 분명 천하의 멍청이가 되었을 그 애의 얼굴을 하고
  있다

하루 다섯 시간으로는 신비주의를 전할 수 없는 법이다

―오페라, 레닌그라드, 국가사회주의, 제조업자들의 무정부
  주의―

내 욕망 혹은 내 집착의 초상에 남자들이 올라온다

아무도 올라오지 않는다 나 이제 그의 사진을 가진 까닭이다

XLI
라타투이

오로지 물과 소금의 도움으로

가지의 쓴맛을 없애는 손

애호박의 과육이 시커메지지 않게 처리하고

피망의 피를 흘려보내는 손

인내하며 수고스러운 일을 해낸다

라타투이는 재료들이 뒤섞이면

안 되는 요리다

허브의 향을 죽이지 않으려면 기름을 바꾸어야 한다

허브는 지역마다 다르게 사용해야 한다

그러면서 저마다 어떤 장소를 어떤 연도를 혹은

이제는 존재하지 않는 얼굴들을 연상시켜서는 안 된다

라타투이는 후각을 위한 요리다

그녀 요리에 관심이 없었던 까닭에

나는 요리법을 따르기만 하면 되는 음식들을 간신히 만들
   어낸다

XLII

내가 사랑했던 유적들은 전부

수리 중이다 그러나 허물어지지는 않았다

관광과 기억은 고단한 일이다

그것들은 신화들을 덮고 있는 천 뒤로

판지로 된 복제물과 발판을 찾아낸다

그 신화들을 내가 다시 볼지는 몰라도 보았던 것은 분명하다

나를 강하게 치고 갔던 브란카치 예배당

다시는 보지 못할 그 예배당을 보았고 우리의 심장처럼 나
　　그 예배당을 알았다

그가 대변했던 상인들의 엄격한 제복처럼

또는 농부들의 발처럼 시커멓고 거무튀튀하고 더러웠다

이제 나는 그 앞을 지나쳐 강에 다다른다 그리고 예배당을
　　기억한다

엘리자베스 브라우닝과 내가 본 것 또는 언젠가 말끔하게

모습을 드러낼 그것이 더 안드레아[17]답다

영광스러운 바티칸이 벌이는 홍보 활동의

백색시멘트며 거친 숫돌을 보려거든

마리아 고레티의 시련, 유년의 풍경을 보는 편이 더 낫다

빈궁을 가리는 편이, 색들이 검어졌다고 말하는 편이 더 낫다

내 삶은 수리 중이고 끝내

삶이 소생하는 것 보지 못하리라

내가 지녔던 열기로 수많은 소녀가 다시 보게 될 일 제수

　교회는

수리 중이다

그리고 나의 일부가 수리 중이다

나 다시는 내가 추억하던 것처럼 그것을 보지 못하리라

XLIII

결코 알지 못할 그곳을 걷는 우리를 나 다시금 보았다
그곳의 바닥에는 우리가 한평생 알았던 이들의
이름과 내 이름이 적힌 더럽고 낡고 얼룩진 책들이 있었다
어디인지도 모르면서 그토록 잘 알았던 그곳을 우리는
다시금 행복하게 걷고 있었다 더러워지지 않으려 조심하
　면서

XLIV

문장학(紋章學)

어떤 동물의 흉상을, 어떤 들꽃을
기둥 위에 얹어야 할까
받치고 있던 사물을 잃어버린
향하던 장소의 이름을 잊어버린
어떤 팔을, 손을 또는 발을 얹어야 할까
오직 몸짓만으로 장면을 틀림없이 구현한다
붉은 바탕 속 팜파의 자고새들
푸른 바탕 속 책장을 넘기는 손짓
운동가들의 여정에 함께했던
우리 할머니 집 안뜰의 포인세티아
내 두 손의 어떤 구멍을
내 발의 어떤 방향을 얹어야 할까
내가 만지고 싶던 단 한 가지를, 내가 가고 싶던
단 한 곳을 알아보게 하려면

XLV

꿈에서조차 내 사랑의 무대를 떠나려 한 적 없다

이제 나 어느 도시에서 그 플랫폼을 보았는지도 모르지만

여행 날짜처럼 아니 더 정확하게 말하자면 무시무시한

전화 요금처럼 플랫폼이 돌아온다

나를 붙드는 단 하나의 소리

플랫폼에 오를 때는 늘 같은 계단을 오른다

그런데 내 신봉자들의 행진을 보는 것

같다는 생각이 들기 시작한다

그들이 당신의 그 아름다운 손길을

상기시키는 것 같다는 생각이 들기 시작한다

왜냐하면 그 사랑에는 무지와 위계가 있었으니까

이후로는 둘을 함께 본 적이 없다

그토록 오랜 세월과 여행들의 특권인 고독 속에서 나는 이
   플랫폼을 보았다

그에게도 나에게도 휴식을 주려고

할렘의 추위가 어찌나 끔찍했던지 나는 벽에 기대어 울어
   버렸다

추위 때문에 울었던가?

샤를 보와이에[18]가 몰고 다니던 지독한 연무에 싸인 채 돌

아오는 이 플랫폼을 어디서 보았더라

그런데 지금 한 뻔뻔스러운 사내가 플랫폼으로 달려온다

그가 말하길 자네는 점점 더 겁을 낼 거라네

점점 더 연무가 짙어질 테고

그런데도 아직 정신을 못 차린 것 같군

그리고 자네가 사랑하는 그 미숙한 홀림들은 앞으로도 자
　네 주위를 맴돌 거라네

XLVI
생태적인 샌드맨

약초며 포도주며 과일과 풀때기가 실린 계획표는

매달 무슨 고기를 먹으면 좋을지 알려준다

즐거움이 우리를 무언가에 정통한 사람으로 만든 것처럼

나이는 우리를 다른 이들 가운데서 현자로 만든다

이따금 장 볼 때 헷갈리기도 하고

내가 시킨 게 아니스가 아니라

백포도주였다고 말하고 싶을 때면

그가 이미 모퉁이를 돌아버린 까닭에 그냥 넘어가고야 만다

그는 너무 어려운 건 내놓지 않아

그래야 손님들의 감정이 다치지 않거든

그들이 신봉하는 이론들

그들이 이야기하는 것은 이제 생체리듬에 맞는 음식들

맛이라곤 없는 삶을 위한 건강한 식단들뿐이다

XLVII
어젯밤 나는 맨덜리가 아니라 내 난쟁이들 꿈을 꾸었다

건물에는 불이 밝혀져 있었으나 환하지 않았고
타인의 취향과 내 취향이 뒤섞여 있었다
장엄함과 잊힌 교회들
그림들 그리고 십자군 기사들의 건물들
시작의 자유의 대학살의 장소들
오직 그들만이 죽음을 알았으니
얼마 없는 이를 드러내며 웃는 뼈만 앙상한 저 인부와
우리보다 더 좋은 향기를 풍기지는 못할 썩은 장미들과
비밀을 밝혀줄 손과 화해하려거든
몰타의 땅으로, 그들의 땅으로 가야 한다
잃어버린 섬들, 오직 문화적 속물근성만이
그 섬들을 보고 사랑할 수 있다
쾌락과 감옥에 재워진 고기를 끝장내려거든
저 홀린 자를 따라가 그를 로마에서 끌어내야 한다
내 친구에게 산 데메트리오[19]를 사주어야 한다
그다음으로 누구를 보호하는지는 모르겠다 보아하니 다시금
나는 그의 아름다운 머리카락을 따라가고 있구나
내 사랑의 건물들
나는 병원 냄새가 나는 섬들의 꿈을 꾸었다

그런데 내 몸의 지혜를 터득하기 시작하면서
처음으로 내 난쟁이들 꿈을 꾸었음을 알았다
잠에서 깬 나는 그 이름을 꿈꾸었노라고 생각했다
수십 년 동안 입 밖으로 내지 못한 그 이름
그때 그 청춘의 고통에, 그때 그 청년다운
죽음에의 환상에 바치는 오마주로서 나는
내 문화적 신화들로 여태 쌓아 올린
커다란 무대에서 그들에게 작별을 고했다

XLVIII

1970-1995

주워 담은 목련은 도무지 깨끗하지 않다
그러기가 어려운 것이, 높이 때문이기도 하고,
스치기만 해도 재빨리 얼룩이 지는 꽃잎의 연약함 때문이
　기도 하다
그래서 내가 목련을 본 것은 거의 늘 나무에서였다
루이지애나라든가 내 젊은 날처럼 머나먼 곳들
이 창문에서는 닿지 않는 곳들에서였다
그런데 내가 살았거나 지나쳤던 곳들 또는 그곳들을 보려고
몇 시간을 여행한 곳에서 나는 이해하고야 만다 장소들은
　어쩌면
거기 있던 사람들에 관해 내가 입을 열어주기를 바라며
그곳들이 내 마음을 움직였으리라고 믿을지도 모른다는 것을
나는 그 장소들을 잊지 않았다 자연이라든가 풍경에
혹은 저 자연현상에 관한 철학적 반성에 심취한 감정으로
대체하지도 않았다
그러나 거의 모든 장소가 다른 이들에게, 내 아버지에게
내 것이 아니던 가족들에게 딸들에게 할머니들에게 속했으니
이 마지막 꽃들, 가장 향기가 좋은 이 전쟁 전의 꽃들을
내 삶에 함께하는 이와 나눈다

기념해 마땅할 이 여름에

XLIX
포트 깁슨

과거의 길이 양식의 변화에 시달리지 않도록
전부 표시되어 있다 그리고 그들
천진난만한 자들은
해석에도 변화가 없으리라고 여긴다
황금 손이 하늘을 가리킨다
울타리가 우아함의 한계를 긋는다
그리고 나는 나란히 뻗은 길을 따라 걷는다
마을에 딱 하나 있는 별 볼 일 없는 길이다
흑인들이 주로 거주하는 이곳에는 정원이라곤 없다고 보아
    야 한다
무(無)를 가리키는 손의 공포만이 나를 이끈다
이윽고 나는 흑인 방언으로 시를 쓴 최초의 시인의 집을 찾
    아낸다
우리가 남쪽의 심장을 가리키는 길을 찾는 동안
판사의 집에는 천막이 둘리고
손은 힘을 잃는다

L

세테첸토의 영화(榮華)[20]

시골 한낮의 고독과 침묵

오늘날까지도 허물어지지 않은 저 교회들

세테첸토는 관광객들에게 그리 인기 있는 편이 아니다

나조차도 분홍빛 천사와 스카풀라를 보겠다고 억지를 부려
    야 했다

나는 정오에 해가 지는 곳에 다다른다

길을 물어볼 사람도 없고 물은 멀리 있으니

베네치아가 건네는 자비의 행위를 따라

출구도 없이 걸을 수밖에 없다고 보아야 한다

나는 걸으면서 포도주를 마시는 술꾼들

삶이 저버린 청년들을 보호하는 이들

두 손을 염료로 물들이는 이들

실은 어딘가 미심쩍은 은혜를 받은 이들 패거리를 만난다

크로치페리 기도원의 끔찍한 물감 냄새 속에서 나는 빙빙
    돈다

왜냐하면 물이 어디 있냐고 오직 물을 통해서만 나갈 수 있
    다고

내가 말할 때까지 젊은 팔마[21]가 그림을 그리고 있는 까닭
    이다

그렇게 아무런 표지판도 없이 나는 어느 장소에 도착한다

리오 데이 멘티칸티를 하도 그리느라 더러워진 화가들 틈
   에서

—다행히도 나는 수 세기가 지난 후에야 그 이름들을 알게
   된다—

나는 곤돌라가 오는 것을 본다 곤돌라가 나도 태워줄까 모
   르겠다

세상의 법, 당신의 법(2000)

이제 내 영혼을 빚어야 할 때

정통한 학교에서

배우게 하리라

만신창이 된 육신이,

서서히 썩어가는 피가,

성마른 망상이

혹은 무딘 노쇠가,

혹은 앞으로 도래할 최고악이…

친구들의 죽음이라든가,

숨통을 끊어버리는

모든 빛나는 눈의 죽음이…

다만 하늘에 떠 있는 구름처럼 보일 때까지

수평선이 서서히 사라질 때…

W. B. 에이츠, 〈탑〉

오직 그녀만이 보는 것

시에는 문학적 침묵이 필요하다

고독의 목적지들 안에서 침묵을 찾아 헤맸다

빈궁 속의 풍요 속의

아침 이른 시간 잔을 들고 부엌에

서서 느끼는 친밀감 안의

욕실의 거울이 주는 적막감 안의

신화가 꿈꾸는 무대의 고독

피렌체에서 보낸

포대기에 싸인 아기들 틈에서의 공연이 끝난 후 라마르모

　라가(街)에서 보낸

델 카스타뇨[22]를 즐기면서 보낸

이민청에서 보낸 그 여름밤들의 침묵

예니체리의 정원에서부터 성 소피아 성당까지

그 많던 제국과 에메랄드 가운데

보 르 비콩트 성의 무지막지한 꽃들 가운데

언제나 피의 길이 있다

예술의 영광, 감성과 그 기쁨은 아무런 가치가 없다는 것

그것은 찾은 적 없고 바란 적 없는 자각

나는 침묵을 잃어버렸다

내 삶의 형태 안에서 이 색들을 조합해야 한다

계절이 그러라고 한다면

볼에 분칠을 좀 하고 스타킹을 신어야 한다

마치 아닌 것처럼

왜냐하면 어느 모퉁이에서나 목격자를 만날 테니까

또 나를 위해 또 그들을 위해

왜냐하면 건너가고 돌아오는 웅성거림이, 어떤 이름들이,

　사진들이 있으니까

또 울적한 호텔 창문에 놓인 케이크에

개미가 꼬였던 파티의 추억 또 새벽에

우연히 마주치곤 하던 연인들

또 비록 이제는 그들의 부고가 나를 에워쌀지라도

그 시절 대단했던 허세와 아름다움

또 몇 사람과 멀어진 국내의 거리

내가 나쁜 안색을 하고 길거리로 나간다면 모두 알아차릴

　것이다

상추 하나 사는 행위가 내게는 이제

역사적 진술이 되어버렸다

이스탄불/부에노스아이레스/국민광장/?

식민제국은 저들의 현장을

탄생과 죽음 사이에 놓인 길들을 보존한다

앙드레 셰니에의 집이던 유적은

마레 지구의 그것과 똑같은 모퉁이들 사이에 자리한다

그들의 건물들은 퇴락한다

그러나 그들의 교회들은 여전히 이방인들의 것이다

원주민들은 그들의 신학교들을 박물관들로 바꾼다

그곳의 윤기 나는 나무 바닥은

타인의 계몽이라는 꿈을 붙들고자

유령 발들의 영토를 간직한다

그러나 아무도 이해하지 못하는 시대착오적인 건물에 붙일

단 하나의 단어조차 생각해낼 수 없었으니

3세기가 지난 후 새로 온 이들은 침략당한 구역을

프랑스인 구역이라고 부르고야 만다

주인의 발자취는 역사적 각인이다

그러나 대륙과 대륙을 잇는 이 휑한 도로들

아무도 가보지 못한 잔디밭들 부실하게 깔린 아스팔트

낡은 도랑들과 고속도로의 불빛들 위로

기억 없는 풍경만 만들어낼 따름이다

그곳에는 어릴 적 꿈꾸던 대로 차려입은 여자가 있다

그녀는 오직 그녀만이 보는 것을 보게 될 운명에 처했음을
　안다

그리고 해변이, 얼음장 같은 호수의 물이

혹은 남쪽의 꿈 안에서 보낸

주말이 곧 세상이던 여름날들에

그녀의 어머니와 커피를 마셨던 오랜 친구들

그 풍경을 이제 아무도 다시 보지 못하리라

그러나 앙드레 셰니에는 제집을 알아보리라

국민광장[23]에서 그는 마지막으로 그 집을 떠올렸다

그곳이 영원히 남으리란 것을 믿으며

직접화법의 죽음을 알게 되는 날에는

몸짓에 관하여 말하고 싶다 커튼에 관하여

자비의 손길에 관하여 또는 그의 이름이 남긴 앙금에 관하여

그것이야말로 헌신의 기본

어느 실루엣 뒤로 뿜어져 나오는 파랑(波浪), 당신 커튼의
　　주름이

조화의 마지막 꿈을 접는다

아이들아 썩 꺼져라, 소리치던 브루크너의 그 역정을 이제
　　알겠다

알려지지 않은 성모 마리아 루크레치아 델 페데[24] 그녀의
　　베일에 진 마지막 주름이 아름다움을 간직한다

점심시간 전, 출판사 업무의 마감 날짜가

오기 전 마지막 휴식

자고로 인생이란 가족사진, 여행길에 사들인 공예품

포동포동한 아이들의 장난감이라는

말을 듣기 전의 마지막 의식

아직도 저항하는 유일한 것이라곤 이제 이런 끊임없는 계
　　획들뿐일 때

나는 빈 하나밖에 못 봤어, 그가 말했다

그래 나는 베네치아 둘밖에 못 봤지

그런데 그게 다야

아직도 펼쳐지기를 기다리는 것의 초기 증상들

내 새로운 시인 친구들의 현실효과[25]는

다시금 현실에 의해 지워졌다

편지들에 담긴 그리움은 결코 그리움의

대상이라는 존재보다 오래 살지 못했다

그것이 이 나라든 알량한 문학 계파이든 권위 있는 잡지든

사랑의 대상을 말하는 데는 거침이 없다

그런가 하면 현장 보도 기사들에서는 추방의 이유에 속은

   유럽의 천진함을 조롱하기도 한다

그러나 그들은 연인이 아빌라의 추위 한가운데서 너는 누

   구냐는 질문에 분명하게 대답했던 사실을 잊는다

열대지방, 민족주의, 거대 도시, 인종적 기원 따위를 논하는

   새로운 신비주의자들

패배가 아닌

좌절에서 건져진 그들

패한 것은 민중의 영역 신성한 노동자들의 공간이다

낯선 도시에서 노동의 시련을 견뎌본 적 없는

이중 잣대를 지닌 아이들의 좌절, 오로지 편한 일자리와

순응에서 살아남는 법만 아는 아이들의 좌절에서 건져진

   그들

영리 목적의 망명을 통해 경험한 현장들

그들은 간교한 심장을 팔았다

그러고는 현실효과가 요소들을 적소에 배치한다

한 명 한 명에게 황폐해진 그들의 영역을

한 명 한 명에게 그리운 조국으로 돌아가지 않을 명분을

한 명 한 명에게 그들의 작은 정원을

지방주의의 꿈

시란 로렌초 데 메디치의 별장이라고

누가 생각했을까

시란 고귀한 왕자라고

아니면 정원을 거니는 뻔뻔한

포르테뇨[26]라고 누가 생각했을까

신플라톤주의적인 조화는 다만 신록을

황홀한 풍경을, 거룩한 기하학을

그리고 권력의 장막을 주었을 뿐이고 불경한 눈에는

안개나 구름으로 혼동되는 아주 얇은 천이

그 세기의 풍경을 가린다

오직 후아넬레[27]만이 구현했던 지혜

영혼의 색들을 잠잠케 하는 물과 어린 잡초의

지혜를 이토록 많은 이가 알게 되리라고 누가 생각했을까

시야말로 유일한 속임수이다

유일한 현실은

시인들이다

유일한 현실은 다른 시인들이다

시적 자아는

지긋지긋함으로 또는 포도주로 또는 먼 거리의 슬픔들로
    인한 추락을

제 그림자,

쓰는 자아를 위해 남겨둔다

삶이 바뀐다면

누군가는 어떤 삶들의 값을 치르리라

다른 삶들의 값은 망각이 치르리라

그리고 영혼의 시인들

루벤 스승님, 당신께서는 그 누구보다 잘 아셨지요,

그들이 불이 꺼질 때 함께 있을 사람을 찾곤 한다는 것을요

카프로니에게 바치는 오마주

고뇌 속에 주저앉은 낮
그리고 동틀 무렵
요란한 폭풍우

달래고 화해시키는 물 틈에서
모퉁이를 넘어가는 이는 누구인가?

사냥꾼인가, 그녀인가
아니면 지금 작별을 고하고 있는 이 여행객인가?

사진들을 떼어내는 일

그것들을 엎어 놓는 일

액자들에 자이르[29]의 사진들을 끼워 넣는 일

사진들을 떼어내는 일

그것은 여전히 안녕을 말하는 최고의 방법이다

거기 아직 있나요…?

아름답고 고귀한 청년의 얼굴들 사이에서 평생을 보냈다

얼빠진 면모라곤 찾아볼 수 없는 최악의 부류

나는 슬픈 이들의, 예술의, 독불장군들의

문화적 행위의 얼굴을 안다

그러나 내 여자 친구들 곁을 지키는 이들이

부리는 속임수의, 퇴폐의 얼굴은 알지 못한다

여자들은 저들의 유명한 운명 신경증[30]을

앓거나 답습한다

나는 잔을 올려두는 방식을

어깨끈을 바로잡는 방식을 반복한다

늘 같은 까닭에 세월이 지나는 동안

모든 색과 뒤섞이고야 마는 색

내 여자 친구들은 일상의 기지를 발휘한다

그들은 남편을 바꾼다

내 기쁨이 지속하는 것은 다만 똑같은 모습을 한

그들의 외로움을 다시금 마주하게 될 때까지다

언제나 언제나 여자들의 잘못이란 말인가?

아무도 바라지 않는 위안

왕자의 탈을 쓴 위험

작은 향유병을 든 막달레나
베네치아의 색들을 입은 무질서한 군중이
용에게서 달아난다
언제나 같은 옷 같은 색 같은 남자란 말인가?

콩그레소 광장

I

친구들 집에서
점심을 먹기로 하여 콩그레소 광장을 가로지른다
내 삼촌 같은 무정부주의자가 아직 남아 있었다면
우리에게 대공이 있었다면
아니 아프리카의 조그마한 군대라도 있었다면
그러나 이제 식민지는 없고 폭탄들도 줄었다
산들은 이천 킬로미터 떨어진 곳에 있다
그리고 나는 침묵과의, 또 추방된 사람들의 모습과의
전투 중에 사적인 전쟁들만 가까스로 이어갈 뿐인
한 여자에 지나지 않는다

II

동틀 무렵에 광장을 건너는
두 명의 젊은 시인들에게 작별을 고한다
내 청춘의 무대에서 그들은
내게 습기를 머금은 호크니³¹의 작품을 선물한다

III

문 닫은 엘 몰리노 카페가 있는 이 광장을 계속 걸을 수도
　있다
우리 집과 내 친구 집이 만나던 모퉁이에
나 자신을 찾으러 갈 수도 있다
그러면 친구는 그녀가 노동조합주의라고 부르는 자치 도시
　들의 폐해를 설명해줄 텐데
우리가 열었던 파티들과 우리의 결혼식에 오려고
친구들이 드나들었던 문에 이제 경비원이 있다는 사실을
내 단골 카페에서 산 마르틴산 포도주 대신
저렴한 등심 스테이크를 내놓는다는 사실을
참을 수도 있다
그뿐이 아니다 세기말의 조각이 되어
기둥도 아니면서 폐허 한가운데 서 있을 수도 있다

내 젊은 친구들을 기리는 풍경

여기 아직 오월 밤의 감미로움이 머무르는 지금

시끌벅적한 식당, 낮의 귀환

여기 푸에이레돈가(街)에 아직 시월의 이파리들[32]이 머무
르고

이제 내 청춘도, 그 청춘의 파티가

벌어지던 가까운 집들도 없는 지금

그때 네덜란드식의 작은 집에서 내 첫 편집자와 점심을 먹
었지

진정 도시 고고학이로군 그는 자기 개 이름을 써서 내게 책
을 바치곤 했어

갈라테아 서점으로 내게 난초들을 보냈는가 하면

내 아버지에게는 〈라 트라비아타〉 음반을 선물했지

그리고 아름다운 배우들, 나는 그들의 신전에 발도 못 들였어

그녀들은 소설을 쓰고 세라핌[33]들과 사랑에 빠지고 맨가슴
을 내보였지

천사들을 유혹하려고 말이야

삶이 아직 내게서 밤의 영광을, 여명의 영광을

거두어들이지 않았고

시대의 패망으로부터 나를 한순간이나마 보호해준 지금

나 아직 그대들 가까이에 머무를 수 있는 지금

다른 풍경을 바라보는 그대들

또 다른 수평선을 바라보고 있을 그대들

거기 푸에이레돈가에는 시월의 이파리들이 아직 있나요?

사용되지 않는 사물들

말해지지 않는 말들

상징들의 지붕은 연민에까지 내려앉았다

재회에 관하여 묻지 않기

밑이 빠진 고급 토네트 의자에 앉은

어느 어리석은 자가 원대한 계획을 입에 올린다

해가 뜨고서야 돌아와

안도하며 신발을 벗는 이처럼

조금만 더 함께 있고자

마시지도 못할 마지막 포도주잔을 채운다

이 밤이 지나면 죽어도 좋다고 말하는 이처럼

내 도시로의 여행을 마칠 때마다

그런 안도감과 그런 속임수로

이제 내게 무슨 일이 닥치더라도 상관없다고 말한다

이 길어진 오후의 빛 안에서 추억한다
옮겨진 무대로 나 다시 들어간다
그들을 향해, 내 얼굴과 진짜 몸뚱이를 향해 나아간다
내게는 봄, 그들에게는 가을인 이 대기로
내 몸을 감싼다
우리가 같은 달콤함을 누리는 유일한 순간에는
어쩌면 똑같이 얇은 외투를 입을지도 모르겠다
그 순간이 지나면 이제 지독한 계절이
우리에게 전화와 편지들만 남길 뿐이다

부에노스아이레스를 떠나는 바람 거센 궂은 날

습관적인 일을 처리하는 오후

종이 찢기, 순간을 기록하기

컵 씻기

내 삶의 중요한 순간에

날씨가 협조해주기 시작한다니

돌아가는 여행길 내내 나를 끌고 가주다니 감사할 따름

무얼 가져가는가 무얼 남겨두는가 무얼 잃어버리는가

그리고 그대, 그리고 내 심장에는 눈이 내려앉고 저 먼 묘
    지에는

영원히 비가 내린다

노래에서 말하는 것들 시에서는 왜 말할 수 없나

나 말이야 내 영혼 다해 너를 사랑해

조금만 아주 조금만 더 기다려줘

네가 오라고 한다면 나 다 버리고 갈 거야

노래에서 말하는 것들 시에서는 말할 수 없다

여름 너머에도 플라워 파워[34]의 시대가 저문 후에도

엘 이데알[35]에서 마시는 블랙 벨벳의, 나탈리[36]의 개량주의

    의,

어여쁜 사람들의 시대가 지나간 후에도 누군가는 말해야

    한다

시에는 위안이 있음을

전부 끝나는 것이 아님을

붉은광장은 텅 비었더랬다 고딕 지구(地區)에서 아침을 맞

    이하던 그 여름과 함께

또는 마지막 남은 성숙한 남자와 함께

한 편의 시라면 이 상실의 모퉁이에서 그대들에게 말해야

    한다

영속의 얼음 위로 신부님과 스케이트를 타던 그곳에서

세상의 법, 당신의 법

다른 생에서 나는 선술집 창문 너머로 보았다

폭풍우가 푸른 꽃들을 연석에, 벽에

짓이기는 모습을

그리고 그 순간, 찰나에 지나지 않는 젊음의 유일한 순간

나는 알았다 내가 사랑하던 것, 관심을 기울이던 것 혹은
    두려워하던 것은

정작 하나도 등장하지 않은 그 장면을 결코 잊지 못하리란
    사실을

연인들도 증오도 다른 시인들도 평론지들도

교구 위원들도 식민지화되어버린 파베세[37]적 문화에 심취
    한 내 친구들도 없었다

다만 푸른 꽃들과 비

마을의 이름 그 시간 그 비를 기억한다

수십 년이 지나도록 결코 다른 어떤 삶과도 혼동한 적 없다

생일파티 사진

내 어깨 위 내 친구의 손
함께 보낸 세월의 미소
옛날 샴페인 잔들
우리는 플루트 잔을 쓰지 않던 시대의
여자들이다
그리고 내 친구의 유리 식기들
작은 꽃들이 새겨진 널찍한 옛날 잔들이 있다
남은 케이크와 말린 자두 사이로 내 친구들의 미소
한 손은 내 어깨에 한 손은 아내의 손에
세 개의 꼭짓점 그러나 번뜩이는 프리메이슨의 삼각형이
　　아니라
역사의 삼각형이다
누군가는 문을 닫으리라
그러나 나는 그들을 웃는 모습으로 남겨 두었다
저 식탁 앞에 영원히 앉은 채

오르넬라 바노니의 노래가 울려 퍼지는 리구리아

거룩한 아름다움을 밝게 비추는 빛들

별들로, 플레이보이들로, 푸치의 색감들로 가득한 이 만(灣)

산들에는 빛, 어둠 속에는 부랑자들

그리고 여행 사진 속에는 내 친구가 영원히 클라리토[38]를
  마시고 있다

산타 마르게리타와 그곳에서 갓 잡은 가재들

파운드[39]의 숨결이라곤 느낄 수 없다

지루해서 미안합니다

내게는 몬테비에도가(街)보다 울림을 주지 않는 영원한 빛들

다시는 보고 싶지 않다

그래도 떠나지 않는 친구들을 위한 또 끝나버린 이 음악을
  위한

나의 밤에 빛들이 있어주니 고맙구나

남자들의 악습에 단련된 여자

내가 부엌에 가면 나를 따라온다
내가 화장실에 가면 문을 두드린다
밤중에 깨워서는 자냐고 묻는다
내가 있는 도시마다 전화를 걸어서는
포도주와 문학적 삶을 조심하라며 경고한다
나는 아버지도 삼촌들도 양아들도 젊은 날의 남자 친구들도
잃은 적 없다 그뿐인가 편집자조차 잃은 적 없다
망령이 되어서도 여전히 모퉁이에서 내 발걸음을 지키는
그 사내조차 잃은 적 없다

그들은 내가 그들의 손에서, 그들의 악습에서, 내 마음속
그들의 무게에서 떨어져 나오지 못하게 했다

어쩌면 사진이 영혼을 빼가는지도 몰라

자식들처럼, 아름다움처럼 아니면 부모의 비참함처럼

그리고 나는 운명에 순응한 채

당신 곁에서 미소 짓는 여자가 되어야 하지

그 바로 전 단계는

당신이 촬영을 지시하는 동안

쉴 수 있는 찰나의 순간

어찌나 극성인지 이 최근 사진들 속

바라보는 사람들과 나 사이에

당신의 손이 있다 거칠고 보호하려 드는

이제는 어쩔 도리가 없는 손이

그는 단 한 번도 반지들을 낀 적 없다

그러더니 내게 이별을 고하는 지금 반지들을 끼는 것이다
이 결말에는 싸구려 보석이 있어야지
풍요로웠던 세상이라는 내 꿈의 향기
네모진 판화들, 케이준 요리 그리고
그가 나를 니스에 데려가기를 좋아한다는 불운
황금 비둘기처럼 빛나는 결말을 만들겠다고
내 무대를 그리 멀리 보내지 않겠다고
이제 저 소녀를 진정시킬 필요는 없어
그러니까 제발
한 번도 낀 적 없는 그 반지들 좀 빼줄래

아름다운 죽음을 잔으로 들이컨다

추모식에서 나 그의 말을 되뇐다

혹은 다른 이들이 내게 말한다 다가올 백일도 오늘처럼만

내 눈에 비치는 그는 흥건하고 거칠다

재조차 남기지 않고 영원히 달아난 사람

그의 유산

음악과 정신

열정에서 그러했듯 죽음에서도 엄격하다

아름다운 죽음을 잔으로 들이컨다

살아 있는 누군가의 아리아를 들으며

나는 내 주위의 부재를 바라본다

그의 이름 쓰인 비석 하나, 작은 명패 하나 없어

그에게 기대며

온전히 상스러워질 수조차 없구나

딩신 위로 흙과 기억을 끼얹습니다

이데올로기의 혼란을 지우고 봉인하는

여름의 사랑들, 촌스러운 정념들

깨지기 쉬운 내용물들, 시위의 깃발들

노동절들, 궁궐들의 테네브리즘[40] 속

밤새 노래하는 전야제들

대회며 상으로 이어지는 나날의 현실

그곳에서 처음으로 영웅적인 죽음들이 발생했습니다

깃발을 들고 간 소녀들 위로

흙과 기억을 끼얹습니다

욕지기나는 우익의 단어

이상주의를 논하는 소리를 듣는 동안

내 청춘의 시인들

내 도시의 선술집들, 새벽의 패거리들

동네에서 볼만한 연극을 벌입니다

나는 대양 위에서 밤을 지새웁니다

흙과 기억을 끼얹으려고요

모든 잃어버린 시 위로

영웅광장[41]은

내게 있어 언제나 불이 켜진 곳일 겁니다

털이 덥수룩한 투사들이 아직도

나라를 세우고 있는 그곳

그들은 나아가기를 멈추지 않는군요

그대는 죽어서도

나아가기를 멈추지 않습니다

수레 한가득의 영광도 없이

그대에게 왕관을 건넬 대천사도 없이, 검 한 자루조차 없이

내 집념 속에 그대, 그들처럼 변함없이 머무릅니다

야상곡

내 도시에서의 저녁 식사, 내 친구들이 발하는 빛
나를 위해 늘 울부짖는 아누이[42]의 개
어둠에 싸인 동네의 집들, 역 화장실의 경기병들
가두 판매대에서 포도주를 사주는 내 친구
엔진에 시동이 걸리기를 기다리는 비행기 한 대

저 억양은 어디 출신인가

식민제국의 억양이구먼

저 단어들은 어떤 이민자의 언어인가

저 생김새는 어디 출신인가

베네치아 사람은 어찌나 잡종인지

그래서 저렇게 머리카락 색과 눈 색깔이 흐리멍덩한 거라고

몇 세대를 거쳤나

시선에 고인 물

이 여편네가 내뱉는 아르헨티나 말

나 다시 내 청춘의 꽃들을 그린다

다시 일출을 본다

두렵지 않다

이제 아무도 내게 지금은 그럴 때가 아니라고 할 수 없을 터

세상의 법, 당신의 법에

두려워 떨던 애송이로서가 아니라 한 여자로서 일출을 본다

고독한 여인네를 위한 이 무쇠 같은 빛

그녀 두려워 말고 결단을 내려야 한다

정면으로 돌진하는 언어

다시 일출을 본다

두렵지 않다

세상의 법 앞에서 삶의 모순, 의문과 두려움을 안고 살아갈 수 있을까 고민하던 서른의 청년은 이제 두려워하지 않는다. 이 책은 1967년부터 2000년까지의 세월을 건너온 한 여성의 목소리를 온전히 담아낸 기록이다.

후아나 비뇨치의 생애

후아나 비뇨치는 1937년 아르헨티나 부에노스아이레스 사베드라 지구 이민자 동네의 가난한 노동계급 가정에서 외동딸로 태어났다. 비뇨치가 어디에도 속하지 않았다는 느낌을 주는 것은 어쩌면 어릴 때부터 '다름'을 체화해서인지도 모른다. 부모의 남다른 교육 방식 때문에 그는 학교에서부터 또래와 다른 아이였다. 무정부주의자이자 제빵 노동자였던 아버지와 평생 '바깥'에서 일했던 어머니는 딸에게 아주 어릴 때부터 독립성을 심어주었다. 딸에게 무한한 신뢰를 보냈지만 그런 교육 방식이 어린 그녀에게는 혹독하게 느껴지기도 했다. 늦은 시간까지 친구들과 놀고 헤어지는 길, 부모가 데리러 온 다른 친구들과 달리 늘 혼자 집에 돌아가야 했던 그는 방치되었다는 기분이 종종 들었다고 회상한다.

비뇨치의 부모는 무정부주의자였지만 동네 공산당원들이 모여 회의를 하는 공간으로 집을 내주었다. 그래서 늘 사람들이 들락날락했고, 그런 집에서 보낸 유년 시절은 결코 쉽지 않았다. 그래서 어린 비뇨치는 공부에 매진했고, 함께 공부하던 스물두 명의 여자아이들 중 중학교로 진학한 건 그를 포함해 단 두 명이었다. 여성이라면 초등학교를 마치고 가사노동을 하다가 나이가 차면 결혼하여 가정을 꾸리는 게 당연지사였던 시대였다. 당대의 가치관과는 달리, 비뇨치의 부모는 딸에게 인생의 주인이 되라고 가르쳤다. 가정의 가치보다는 우정의 가치를 중시했고, 교육과 문화의 중요성을 가르쳤다. 비뇨치의 집 앞으로 난 길은 비가 오면 진흙탕이 되었고, 열 살이 될 때까지도 집에서는 더운

물이 나오지 않았으며, 단 한 켤레 신발로 살아가던 빠듯한 형편이었지만, 집에는 책이 많았고 한 달에 한 번은 콜론 극장에 오페라를 보러 갔다. 부모의 이런 선택은 딸이 문화적 소양을 갖추고, 예술을 사랑하는 법을 배우게 했다. 부모의 그런 교육 덕분에 비뇨치는 삶의 다른 가능성을 품을 수 있었다.

비뇨치가 처음으로 시 문단에 등장한 것은 1950년대 후반이었다. 어린 나이부터 청년공산당 활동을 시작한 그는 '딱딱한 빵El pan duro'이라는, 정치적 행동을 꾀하는 젊은 시인들로 구성된 집단과 어울리며 시를 쓰기 시작했다. 집단 내 유일한 여성이었다. 1960년대에 들어 그는 자신의 목소리가 정치 시와는 어울리지 않는다고 판단하여 '딱딱한 빵'을 떠나 이데올로기 시에 집중한다. 그렇게 그는 1967년, 서른의 나이에《어떤 질서로 움직이는 여자》를 발표한다. 이후 우고 마리아니와 결혼, 1974년 남편과 함께 아르헨티나를 떠난다. '몬토네로스(페론주의를 신봉하는 게릴라 단체)'가 집권하리란 불안 때문이었다. 스페인 바르셀로나에 도착한 그들은 이삼 년 후 사태가 진정되면 바로 돌아갈 생각이었으나 독재가 시작되었고, 15년 동안 단 한 번도 아르헨티나 땅을 밟지 못했다. 그래서 후아나 비뇨치는 '망명'이라는 말을 사용하는 대신 '유배', '유형', '추방', '무국적자' 등의 단어를 사용한다.

독재가 끝난 1989년부터 비뇨치는 매년 한 번씩 아르헨티나를 방문했지만, 완전히 돌아가지는 못한 채 삼십 년의 세월을 바르셀로나에서 살았다. 그곳에서 번역을 업으로 삼았던 비뇨치는 법, 역사, 경제 분야의 책을 사백 권 이상 번역했다. 늘 부에노스아이레스를 그리워했던 그는 고향이 너무 그리울 때면 지중해를 등지고 요리에 몰두했다고 한다. 그는 바르셀로나를 좋아하지 않았고, 지중해를 혐오했다. 대신 유럽에서 지내는 동안 틈나는 대로 여행하며 현실에서 도피했다. 주로 미술관 탐방이었다. 은퇴 후 2004년에야 고향으로 완전히 돌아온 후아나 비뇨치는 세 권의 시집을 더 출간한 후, 2015년에 생을 마감했다.

비뇨치의 시 세계

후아나 비뇨치의 시 세계를 이야기할 때 아르헨티나의 '60세대'를 빼놓을 수 없다. 비뇨치는 '60세대'에 속하면서 속하지 않는다. 1960년대 라틴아메리카와 아르헨티나 시에서는 세계대전 이후와 냉전의 맥락 속 긴장과 변화의 물결을 타며 혁신과 혁명을 노래하는 경향이 주를 이루었다. 이른바 '60세대'라고 불리는 아르헨티나의 시인들은 점점 현실과 직접적으로 부딪치는 방향으로 나아갔다. 후아나 비뇨치는 동시대 시인들과 세대와 사상을 공유하면서도 주요 시적 흐름과는 거리를 두며 다른 행보를 보였다. 물론 규범을 깨려는 의지와 결의, 집단 정체성 추구, 대화체를 사용하는 시라는 동 세대의 특징이 비뇨치의 시에서도 보이지만, 그의 시는 유년의 이상화, 격화된 음악성, 지역에 집중하는 폐쇄성을 거부하면서 완전히 다른 목소리를 구현한다. 가령, 미리 정해진 표어와 거리의 은어를 사용하여 강력한 사회 참여를 유도하는 정치 시 양식은 비뇨치가 추구하는 시와 맞지 않았다.

비뇨치의 시는 정치적 입장을 표명하기보다는 역사에 대한 인식을 드러내는 것으로 대화를 유도한다. 그는 시를 쓸때 누군가에게 이야기하는 상상을 한다고 밝힌 적 있는데, 실제로 어떤 시들은 하나의 대화가 되기도 한다. 이렇게 대화로 시작한 시는 적확한 단어를 찾는 과정으로 나아간다. 세련되고 정제된 언어를 사용하는 것이 비뇨치에게는 무척 중요했는데, 시인이라면 언어 체계를 풍부하게 하는 언어 사용을 고민해야 한다고 여겼기 때문이다. 따라서 비뇨치의 시는 중립성을 갖춘 스페인어로 쓰였다. 다시 말해 동시대 시인들에게서 흔한 경향이었던 탱고의 리듬을 빌려오거나 부에노스아이레스의 속어 사용을 즐기지 않았다. 이렇듯 비뇨치의 시가 자신의 시 세계를 관통하던 큰 주제인 혁명을 노래하는 방식은 정직한 언어 사용에 있다. 그의 시에는 달변이나 기교가 들어설 자리가 없다. 유머와 거리감, 반어를 사용하여 대조적인 요소를 교차하고 결합하며 긴장

감을 유발하고, 질문을 던지면서 정면으로 돌진하는 목소리가 바로 사태를 전복시키는 힘이다. 그에게 시란 기억이고 저항이다. 존재했던 것이 죽지 않도록 끈질기게 상기시키는 기억의 목소리다. 이때 "우리"라는 복수 화자의 사용은 개인의 경험을 집단의 경험으로 확장하며 시에는 치유의 기능이 있다는 믿음(〈시의 사회적 임무〉)을 드러낸다.

한때 분노로 맹렬하게 돌진하던 시인은 이제 자기 생전에 혁명이 도래하지 않으리란 걸 안다. 물론, 삼십 년의 세월을 건너오는 동안 여전히 속이 시끄럽기도 하다. 슬픔과 외로움이 때때로 고개를 쳐들고 실현하지 못할 욕망을 주절거리며 탄식하기도 한다. 그러나 그는 결코 체념하지 않는다. 그가 과거를 돌아보는 것은 망각을 이겨내기 위해서다. 존재했던 것이 잊히지 않도록 과거를 재구성함으로써 미래를 준비한다. 정치 시는 그 시대, 그 순간에 폭발적인 목소리를 내지만, 이데올로기 시는 미래를 바라보기 때문이다. 이렇듯 비뇨치의 시선은 늘 정면을 향한다. 혁명이 언젠가는 오리라고 믿기 때문에 계속 시를 쓰는 것이다.

이 책은 총 다섯 권의 시집으로 묶여 있다. 각 시집의 제목은 비뇨치 시의 중심 요소들을 드러내고, 각 시집을 여는 인용구는 앞으로 이어질 시편들의 성격을 암시한다. 이를테면 첫 시집 《어떤 질서로 움직이는 여자》에서는 절도와 힘이, 《귀향》에서는 돌아옴이, 《주요 노선의 출발지》에서는 떠남이, 《시인과 내면 살피기》에서는 시인으로서 존재하기가, 《세상의 법, 당신의 법》에서는 주권을 찾아가는 과정이 담겨 있다. 1967년부터 2000년까지 이어지는 긴 편지 같기도 하다. "후아나 너는 네 삶을 어쩔 셈이니?"하고 묻던(〈겨울과 함께 친구들이 고향에 돌아왔다〉) 화자는 이제 "두렵지 않다"(〈나 다시 내 청춘의 꽃들을 그린다〉)는 고백으로 끝을 맺는다.

여성 시인으로 존재하기

물론 시의 화자를 시인과 동일시하는 것은 위험한 읽기일 테다. 자전적으로 읽힐 수 있는 화자의 모습들은 시인의 실제 모습과는 다르다. 이를테면 자주 외로움을 느끼는 화자와 달리 시인은 사실 별로 외로운 사람이 아니었다거나, 시인이 사실은 호탕하고 유머 있는 성격이었다는 점을 예로 들 수 있겠다. 시인은 언젠가 이렇게 말했다. "시인이란 '나'의 영토를 확장하는 법을 고민하는 사람들입니다. 내면에 몰두하여 내밀하고 자전적인 시를 내놓는 행위와는 다르지요. 시인이라면 세상에 대한 자기만의 해석을 제시해야 하고, 그 해석이 바로 시적 자아로 나타나는 것입니다." 그럼에도 화자는 무심결에 시인이 지닌 어느 면모를 흘릴수밖에 없을 테고, 그 순간 독자는 더 친밀함을 느끼게 될지도 모르겠다.

꼭 페미니스트 시인이라는 카테고리로 분류되지는 않을지라도, 후아나 비뇨치의 시가 스페인어로 쓰인 시에서 가장 중요한 여성의 목소리라는 데는 반박할 여지가 없다. 후아나 비뇨치의 시는 여성 시인들의 시에 붙던 '여성적 가치'라는 꼬리표를 온몸으로 거부했다. 여성의 것으로 규정되는 모성과 가족적 가치, 가정에서의 내밀한 일상에서 비롯한 감상주의에 치를 떨었던 그는 남자들의 언어는 지적이고 여자들의 언어는 부드럽다는 이분법적인 언어 관습을 부수고자 했다. 어느 인터뷰에서 여성 작가의 글과 남성 작가의 글을 구분 짓는 확연한 차이가 있냐는 질문에 그는 이렇게 답했다. "하나는 여자가 썼고, 하나는 남자가 썼다는 점." 우문현답이 아닐 수 없다.

자기 세대의 많은 여성 시인이 결국에는 '어머니들'의 묻혀버린 목소리를 시에 담고야 마는 것을 안타까워했던 비뇨치는 자신의 목소리에 집중하며 여성 시인으로서의 정체성을 고민했다. 그는 여성 시인이라면 강해져야 한다고 말했다. "여성 시인이 된다는 것, 평범한 중산층 계급으로서는 그다지 반길 만한 일이 아니지요. 여성 시인이라면 강해져야 합니다. 자기가 하는 일에서 버틸 수 있어야 해요. 그리고 자기가 남들과 다르다고 해서 우월하다고 느끼지 않게 아주 조심해야 합니다. '다름'을 '우월'로 여긴다면 고립되고 말 겁니다." 그러면서 후아나 비뇨치는 자신이 알지 못하는 영역이므로, 다른 형태의 삶을 살았던 여자들을 자신의 잣대로 재단할 수 없다고 강조했다. 실제로 비뇨치와 같은 세대 여자들의 운명은 모두 결혼으로 이어졌고, 그 운명에서 빠져나와 바깥으로 나간 여성들 다수가 불행한 삶을 살았던 것도 사실이다. 이렇듯 여성은 모든 의미에서의 원형에 시달리는 존재, 정도가 다를 뿐 언제나 속박당하는 존재라고 말하는 비뇨치는 여성들에게 '바깥'으로 나가야 한다고 외친다. 정치와 사회를 논하지 않더라도 바깥에, 세상에 있어야 한다는 것이다. 여성들이 바깥으로 나가야 하는 것은 거리에서 마주하는 것들이 일종의 가족적 굴레(지옥)에서 여성들을 꺼내주기 때문이다. 그래서 비뇨치 시의 여성은 산책을 하든, 술집에서 포도주를 마시든, 여행을 하든, 늘 움직이고 있는지도 모르겠다.

*

작년 이맘때, 그러니까 작년 봄이었다. 나는 여행 중에 후아나 비뇨치를 만났다. 나와 어울릴 것 같다며 한번 읽어보지 않겠냐는 연락을 받고는 바로 검색했고, 느낌이 왔다. 예사롭지 않았다. 생김새조차 좋았다. 나이가 들면 살아온 세월이 얼굴에 흔적으로 남는다더니. 나는 눈빛이 좋은 사람은 믿고 보는 편견이 있다.

스페인 서점에서는 책을 구할 수가 없던 탓에 한국에 돌아와서야 차분히 읽어볼 수 있었고, 푹 빠져버렸다. 누군가의 전집을 읽은 게 얼마 만이더라. 한 사람이 살아낸 삼십 년 동안의 세월, 청년이 노년에 접어드는 세월이 고스란히 담긴 이 책이 너무 소중했다. 비뇨치가 《어떤 질서로 움직이는 여자》를 출간했을 때가 지금의 내 나이였다. 나는 이런 우연을 좋아한다. 내게 이 책은 온몸으로 부딪치며 세상으로 돌진하는 불나방 같던 동갑내기 친구가 성숙해가는 모습을 위태로운 마음으로 지켜보며 응원하는 경험이었다. 시인은 과거에 머무르지 않았다. 그래서인지 후아나 비뇨치의 시에서는 건강한 힘이 느껴진다. "다시 일출을 본다/ 두렵지 않다"는 마지막 시의 선언과도 같은 고백을 나는 이제 주문처럼 외우게 됐다.

아마 대다수 독자에게 후아나 비뇨치는 낯선 시인일 것이다. 이 낯선 시인을 만나게 해준 인다, 스페인어라는 낯선 언어를 더듬으며 이 여정에 기꺼이 함께해준 김보미 편집자님께 깊은 감사를 전한다. 어떤 이유로든 이 책을 읽을 누군가에게, 시인의 거칠면서도 이상하리만치 다정한 위로가 가닿을 수 있기를 바란다.

2020년 6월
구유

주석

1 《어떤 질서로 움직이는 여자》를 끝맺는 시인의 말이다.

2 아르헨티나의 중앙을 차지하는 넓은 초원.

3 스페인어권에서 헤어질 때 하는 인사인 '차오chao'를 아르헨티나에서는 '차우chau'라고 발음하며 표기한다.

4 후아나 비뇨치Juana Bignozzi의 머리글자를 암시하지만, 시인이 만들어낸 가상 인물로 이해해야 한다. '빈터'란 '당신'의 말을 들으며 배우던 어린아이의 무궁무진한 가능성을 의미한다.

5 골무로 줄을 뜯어 음을 내는 현악기의 일종이다.

6 서양 봉선화의 별명. 아프리카 원산이나, 아메리카의 여러 국가에서 관상용으로 키운다.

7 애기쟁이밥의 별명. 서양 봉선화와 비슷하게 생긴 꽃으로, 유럽에서 흔하다.

8 옥수수, 보리 및 호밀을 원료로 하고, 노간주나무의 열매로 향미를 돋운 양주.

9 이탈리아의 시인 조르지오 카프로니를 말한다.

10 이탈리아의 철학자 안토니오 네그리를 말한다.

11 계절이 반대인 유럽과 아르헨티나에서 5월은 각각 봄과 가을로 나타난다.

12 조토 디본도네. 이탈리아의 화가이자 건축가이다.

13 지로 디탈리아. 이탈리아에서 열리는 장거리 도로 자전거 경기이다.

14 가톨릭 순례지로 유명한 프랑스 서남부의 도시이다.

15 볼리비아의 고원지대이다.

16 안데스 지방의 현악기이다.

17 르네상스 전성기에 활동한 이탈리아의 화가 안드레아 델 사르토를 말한다. 시인 엘리자베스 브라우닝의 남편이자 역시 시인이었던 로버트 브라우닝이 〈안드레아 델 사르토〉라는 시를 썼다.

18 프랑스 출신 영화배우이다. 1944년 스릴러 영화 〈가스등〉에 출연, 안개 덮인 런던을 무대로 자신의 아내를 정신질환자로 만드는 악랄한 주인공 그레고리 안톤을 연기했다.

19 제2차세계대전 때 쓰인 영국의 대형 유조선이다.

20 세테첸토Settecento. 르네상스 이후, 후기 바로크에서 신고전주의로 이행되던 이탈리아의 18세기를 말한다.

21 이탈리아 베네치아 출신의 화가 팔마 조바네Palma Giovane, 즉 '젊은

(giovane)' 팔마를 말한다.

22 안드레아 델 카스타뇨. 이탈리아의 화가로 초기 르네상스 시대에 피렌체에서 활동했다.

23 프랑스 파리의 국민광장. 앙드레 셰니에가 처형당한 단두대가 있던 곳이다.

24 르네상스 시대의 이탈리아 화가 안드레아 델 사르토의 아내이다. 안드레아는 성모를 그릴 때마다 이내의 얼굴로 그렸다고 한다.

25 롤랑 바르트가 제시한 개념이다. 독자로 하여금 문학적 텍스트가 현실 세계를 묘사했다고 느끼게 하는 요소를 말한다.

26 항구 사람이라는 뜻으로 부에노스아이레스 사람들을 말한다.

27 아르헨티나의 시인 후안 L. 오르티스의 별명이다.

28 아프리카 중부에 있는 나라로 콩고민주공화국의 전 이름이다.

29 프로이트가 제시한 개념으로 '반복 강박'이라고도 한다. 고통스러운 삶의 패턴을 강박적으로 반복하는 상태를 말한다. 행동의 주체가 자신이라는 사실을 인식하지 못하고 운명의 탓이라고 생각하는 경향이 있다.

30 영국의 화가 데이비드 호크니를 말한다.

31 아르헨티나의 시월은 초여름이다.

32 구품천사 가운데 상급 중의 가장 높은 천사를 말한다.

33 '꽃'은 1960년대 후반에서 1970년대 초 히피 문화의 상징이다. 히피 운동에서는 수동적 저항과 비폭력 이데올로기의 가치관을 담은 '플라워 파워Flower power'라는 표어가 쓰였다.

34 바르셀로나의 전통 있는 칵테일 바이다.

35 1964년, 프랑스의 가수 질베르 베코가 부른 사랑 노래. 소련의 아름다운 여행 가이드 나탈리에 관한 노래이다. '붉은광장은 텅 비었더랬다'라는 노랫말로 시작한다.

37 이탈리아의 소설가이자 시인 체사레 파베세를 말한다. 신화에 관한 그의 이론은 후아나 비뇨치의 세대에 중대한 영향을 끼쳤다.

38 아르헨티나의 칵테일이다.

39 에즈라 파운드가 리구리아에 산 적 있다.

40 이탈리아어 '테네브라(tenebra, 어둠)'를 의미하는 17세기 화파로 격렬한 명암조를 보인다.

41 역대 왕들과 영웅들의 동상이 있는 부다페스트의 광장이다.

42 프랑스의 극작가 장 아누이를 말한다.

세상의 법, 당신의 법

ISBN 979-11-89433-10-9 04800 979-11-960149-5-7(세트)

초판 1쇄 인쇄 2020년 6월 16일 | 초판 1쇄 발행 2020년 6월 19일

지은이 후아나 비뇨치
옮긴이 구유
펴낸이 김현우
기획 최성웅
편집 김보미
디자인 Eiram

펴낸곳 읻다
등록 제300-2015-43호. 2015년 3월 11일
주소 (04035) 서울시 마포구 양화로11길 64, 401호
전화 02-6494-2001 **팩스** 0303-3442-0305 **홈페이지** itta.co.kr
이메일 itta@itta.co.kr

이 도서의 국립중앙도서관 출판예정도서목록(CIP)은 서지정보유통지
원시스템 홈페이지(http://seoji.nl.go.kr)와 국가자료공동목록시스템
(http://www.nl.go.kr/kolisnet)에서 이용하실 수 있습니다. (CIP제어번
호: CIP2020021281)
책값은 뒤표지에 있습니다. 잘못된 책은 구입하신 서점에서 바꿔 드립니다.